Uwe Schoolmann Reizvolle Begegnungen

Uwe Schoolmann

Reizvolle Begegnungen

11 neue Kurzgeschichten

Idea
Edition PEGA

Umschlag-Design: *Mia P.*

ISBN 3-88793-260-9
© IDEA Verlag GmbH, Puchheim/Eichenau
Alle Rechte vorbehalten

Widmung

Ich widme dieses Buch der Frau, die ich liebe – Andrea. Sie ist zwar nicht wie mein Vater, dem ich mein erstes Buch gewidmet habe, im Himmel. Aber seit ich sie beim Bridge kennengelernt habe, ist Bridge für mich erst wirklich himmlisch. Mit ihr könnte ich mir ein himmlisches Finale wie in der letzten Geschichte dieses Buches vorstellen. Aber bitte frühestens in 50 Jahren....

Ein ganz normales Bridgeturnier

Ein grauer Sonntag im November. Ich kann zwischen Golf (die Saison neigt sich stark dem Ende zu), dem Frühschoppen am letzten Freimarktssonntag oder einem Tag mit der Familie (stimmt die Reihenfolge?) wählen. Ich entscheide mich für Bridge. Immerhin geht es bei dem von meiner Schwester organisierten Benefizturnier um einen guten Zweck. Und schließlich sind wir Titelverteidiger.

88 Paare treffen sich in einem schönen Hotel im Norden Bremens an der Weser. Der Turnierleiter hat sich etwas Besonderes ausgedacht. Entgegen der Regelung der Vorjahre werden die Paare nicht sofort in zwei Gruppen aufgeteilt, sondern es wird eine „Quali" gespielt. Nach 18 Boards soll sich die Spreu vom Weizen getrennt haben. Gut die Hälfte des Teilnehmerfeldes spielt dann in der – unteren – Coeur-Gruppe weiter, der Rest in der – gehobenen – Pik-Klasse.

Qualifikation, abgekürzt „Quali", muß von Qual kommen. Bei so einer „Quali" kannst Du jedenfalls nur verlieren, wenn Du zu den etablierten und für den Gesamtsieg favorisierten Paaren gerechnet wirst. Du spielst zunächst gegen überwiegend unerfahrene und gelegentlich überhaupt nicht einzuschätzende Paare. So manch einer gesteht Dir freimütig, daß er sein allererstes Bridgeturnier spielt und eigentlich nur dabei ist, weil sein Serviceclub Schirmherr der Benefizveranstaltung ist. Also leichte Beute? Mitnichten! Bridge light kann schwerverdaulich sein!!

Die erste Null schreiben wir uns allerdings selbst zu. In stärkeren Feldern haben wir uns systemgemäß einer strikten Reizdisziplin verschrieben. Wir eröffnen keine 11 Punkte-Hände. Dies konsequent fortschreibend passen mein Partner und ich in erster und auch in dritter Hand mit Blättern, die man sicherlich mit einer gewissen Berechtigung aufmachen kann und die vermutlich mehrheitlich im Saal eröffnet werden. Nachdem durchgepaßt wird, stellen wir fest, daß bei uns 4 Coeur reizbar, aber auch gewinnbar gewesen wäre. Jedenfalls ohne ein begnadetes Gegenspiel. Und wir ahnen, daß der „No Score" keine gute Anschrift sein wird.

Es folgen einige unglückliche Entscheidungen der Partnerschaft, die gnadenlos bestraft werden. Die Gegner machen instinktiv alles richtig. Wenn zurückhaltend gereizt werden muß, unterreizen sie, was gegen uns häufiger der Fall ist. Wenn aber Aggressivität angesagt ist, geben sie richtig Gas und werden durch eine Verteilungshand belohnt. Wir finden auch das Vollspiel, dann aber nicht das richtige Abspiel, weil wir die Pik 9 falsch plazieren. Dieses Motiv wiederholt sich schon im übernächsten Board. Der Rest im Saal macht sich in beiden Händen über den Sitz der Pik 9 nicht die geringsten Gedanken und schlägt ganz einfach von oben, was eindeutig gegen die Wahrscheinlichkeit ist, aber in beiden Fällen unbestreitbar erfolgreich.

Nach sechs Händen wird mir klar, daß ein Drittel der Qualifikationsdistanz gespielt ist. Zeit zu forcieren. Ready to rumble. Zeit prompt auf die Nase zu fallen. Mein Partner versucht zu helfen, was alles noch schlimmer macht. Es kommen zwei Mitteboards und dann wieder eine Hand, in der eine Gegnerin einen eigentlich absurden Angriff gegen unsere 3 SA findet, mit der sie aber ins Schwarze trifft. Ihre Partnerin und sie überlegen vor jeder Karte. Wir geben uns der Hoffnung hin, daß doch noch der Switch auf eine uns besser gefallende Farbe kommt. Leider bleibt diese Hoffnung vergebens. Gnadenlos tödliches Gegenspiel.

Nach diesem Board stehe ich etwas abrupt auf und stoße versehentlich die Bietbox vom Tisch, die natürlich am Boden in alle denkbaren Einzelteile zerfällt. Als das Reparaturpuzzle beendet ist, hat die nächste Runde längst begonnen. Sie beginnt nicht wirklich gut, denn der Gegner findet nach einem Kontra des Partners auf unsere künstliche 2 Treff-Eröffnung, die im konkreten Fall ein Weak Two in Karo bedeutet, mit 3 SA einen Kontrakt, den sonst niemand im Saal bei einem 5:4-Fit in Pik spielt. Bedauerlicherweise sind in 3 SA nach Karo-Angriff 12 Stiche nicht zu nehmen, und das Ergebnis von 490 ist in Pik schwerlich zu übertreffen. Jetzt ist knapp die Hälfte der Qualifikation vorüber. Wir stehen bei „gefühlten" 25%. Schon höre ich die spöttischen Kommentare. Etwas Hoffnung kommt auf, als wir eine Runde tatsächlich mit 1 ½ Tops beenden. Und auch die darauffolgende Hand ist nach unserer Einschätzung gut, die wir nach dem Aufklappen des Boardzettels aber stark relativieren müssen. Erstaunlich, wie viele Stiche so ein Saal produzieren kann, obwohl sie ihm nicht zustehen.

In Board 12 verzählt sich mein Partner, im nächsten Board verwechselt er Coeurs und Karos, was zum Glück jedenfalls im ersten Fall folgenlos bleibt. Dann nimmt er versehentlich den Scorezettel des noch nicht gespielten Boards heraus, was uns 40:60 beschert. Könnte bislang für uns über Mitte sein. Schade allerdings, daß ich im folgenden Board eine Konvention vergesse. Mein Partner eröffnet einen schwachen SA, rechts von mir wird 2 Pik gereizt. Ich habe 6 Punkte, ein bis auf das As geschlossenes 9er Karo, Singles in Coeur und Treff sowie – leider – ein Double-Pik. Eine 10tel Sekunde, nachdem ich 3 Pik gelegt habe, kommt schon das Alert meines Partners, der sich gerade diese Konvention vorher noch einmal ganz genau in unserem Script angeschaut hat. Ungefragt doziert er, daß ich ein 4er Coeur und einen Pik-Stop mit Eröffnungsstärke verspreche. Fast simultan schmettert er 4 Coeur, was nur bedingt zu meinem Single paßt. Ist es schon unethisch, daß ich noch 5 Karo reize? Letztlich stellt sich diese Frage für die Gegnerinnen nicht, denn mein Partner – geht er mit dem Double-Karo-As in der Hand wirklich von Karo-Chicane als Cuebid aus? – legt noch 5 Coeur nach. Man ist ja auch erfreut, wenn man selbst 1 SA mit einem 5 Coeur eröffnet hat und der Partner ein 4 Coeur verspricht. Ich flüchte in 6 Karo, die nicht kontriert werden. Wozu auch, wenn zwei Pikstiche abgezogen werden und der Rest entweder im Teilkontrakt positiv schreibt oder 5 Karo erfüllt. Mit diesem Vollspiel hätten wir ein ziemlich gutes Ergebnis geschrieben.

Es kommen noch drei oder vier nicht sonderlich aufregende Boards und dann ist Cut. Ich weiß, daß es uns gerissen hat. Was uns niemand glaubt. Als wir in der Mittagspause von unserem Desaster berichten, hält alle Welt dies für taktisches Understatement. Aber wenig später haben wir die Gewißheit. Der 38. Platz mit 51%. Dies ist von der Prozentzahl deutlich mehr als geschätzt, aber natürlich insgesamt bitter wenig. Die Pikgruppe endet im Ranking bei 36. Einige deuten auf die Liste „Was willst du eigentlich? Ihr seid doch als 10. locker für die Pikgruppe qualifiziert." Nur mühsam kann ich erklären, daß meine Mutter, die nun einmal meinen Namen trägt, eine Partnerin hat, die zufällig den gleichen Namen trägt wie mein Partner. Und wer achtet bei einem flüchtigen Blick schon auf das „Fr." oder „Hr." vor dem Namen? Mutterliebe endet nie und die meine, eine waschechte Coeur-Spielerin, bietet uns an, mit ihr zu tauschen. Es reizt sie wenig, sich in der Pikgruppe mit den vermeintlich starken Paaren zu messen. Sie würde uns diesen Platz wirklich gern überlassen. Leider nicht regelkonform. Aber nachdem die Prozente der Qualifikation übernommen werden, avancieren wir plötzlich zum Favoriten der unteren Gruppe. Hätte mir das einer vor dem Turnier gesagt! Verkehrte Welt.

Wenn ich allerdings gedacht haben sollte, daß es nicht schlimmer kommen kann, muß ich mich eines besseren belehren lassen. Denn jetzt beginnt der Tragödie zweiter Teil. Der Lifemaster und ich in der Coeur-Gruppe. Manche tuscheln, manche necken uns freundlich „Sie waren Gespräch auf dem Damenklo". Gibt es ein größeres Kompliment? Andere wirken offen feindselig. Was haben wir in ihrer Gruppe verloren? Wir entschuldigen uns und sagen, daß wir es heute nicht besser verdient haben. Ein kleiner Betriebsunfall halt.

Unausgesprochen wirft man uns vor, es auf die Preise der Coeur-Gruppe abgesehen zu haben. Wie begegnet man einem solchen Verdacht?

Und dann wird es skurril. Zwei Damen, die ich noch nie am Bridgetisch gesehen habe, was sie nicht hindert, uns mit tiefem Argwohn zu begegnen. Die rechte paßt, ich passe mit. Links 1 Pik. Nach zwei weiteren Passanten landet die Reizung wieder bei mir. Mit 10 Punkten und dem 5. Pikkönig wiedereröffne ich mit 1 SA, woraufhin die rechte Dame, die zwar nicht dran ist, aber in kleinen Dingen sind wir immer großzügig, mich fragt, ob ich 16 Punkte habe. Meine Frage „wieso" wird beantwortet mit „Wir spielen den SA stark. Sie etwa nicht?". Ich versuche, kurz den kleinen, aber feinen Unterschied zwischen einer Eröffnung und einem Reopening als gepaßte Hand darzustellen, gebe diesen Versuch aber als offensichtlich hoffnungslos auf. Als dann von rechts ein „also keine 16 Punkte" kommt, erlaubt sich mein Partner den Scherz „höchstens 15". Bekommt ihm aber schlecht. Sofort fährt ihn die linke, ohnehin noch ein Spur verkniffener wirkende Dame an „Auf den Arm nehmen können wir uns selbst". Selten waren wir unschuldiger. Alle passen. Die aufgeregte Dame spielt die Pik 2 aus, mein Partner legt sich auf den Tisch und produziert 10, 6 und 3 in Pik. Die Dame rechts ist in Pik chicane. Als ich die 3 ordere und die Dame rechts ausblinkt, begeht mein Partner den folgenschweren Fehler, zu einem zweiten Scherz anzusetzen: „Dein Stich, kannst drunter bleiben." Helle Empörung links, Kopfschütteln rechts. „Das ist eine unerlaubte Information. Wir müßten eigentlich die Turnierleitung holen." Was ich fast postwendend anbiete, bevor ich doch noch einmal den Versuch mache, den Scherz als solchen zu outen und zu erklären, daß ich auch bei inspiriertestem Alleinspiel unter Pik 2 und Pik 3 nicht bleiben kann. „Erzählen Sie keinen Unfug. Sie sind Profis, und das, was Ihr Partner sagte, hat sicher eine Bedeutung", fährt mich die Dame von links an. Ich hole nun doch den Turnierleiter, der sich den Sachverhalt anhört, den Scherz als solchen bestätigt, mich aber bittet, ihn zukünftig nur noch ernstgemeint zu rufen. Wir spielen schweigend zu Ende. Aus mir bis heute nicht nachvollziehbaren Gründen ist trotz einiger Überstiche der Score immer noch schlecht, was die beiden Damen, die wir nicht ernstgenommen haben, keineswegs besänftigt.

Brav schieben wir die zweite Fastnull hinterher, natürlich nicht ohne nochmals eine volle Breitseite abzubekommen, die wieder meinen bedauernswerten Partner trifft. Ich eröffne 1 Coeur, links von mir 2 Treff. Jetzt legt mein Partner das 1 Coeur-Schild auf den Tisch, ein offensichtlich ungenügendes Gebot. Sofort werden beide Gegnerinnen äußerst ungemütlich. Mein Partner versuchte, die Wogen zu glätten. „Man kann es ja mal versuchen" und hört sofort von rechts „Sie meinen wohl, wir sind blöde". Ich würde dem fast nicht mehr widersprechen wollen. Nach diesem Spiel verlassen wir fluchtartig den Tisch, nur um zu hören, wie das Getuschel schon einsetzt.

Zum Glück ist nicht jedes Gegnerpaar so gut drauf, und bridgelich läuft es von Board zu Board besser, so daß wir, was außer uns niemanden überrascht, die Coeur-Gruppe gewinnen. Einerseits freue ich mich, daß wir Moral bewiesen haben, andererseits wäre mir ein Platz unter ferner liefen unter Berücksichtigung aller Umstände jetzt fast lieber gewesen. Auf jeden Fall weiß ich, daß ich zukünftig, sollte ich noch einmal in die Situation kommen, eine Qualifikation spielen zu müssen, mich ganz besonders anstrengen werde, damit mir so etwas erspart bleibt. Aber sehen wir den positiven Aspekt. Ein ganz normales Bridgeturnier in der Pik- oder M-Gruppe hätte kaum jemals einen derart anekdotischen Charakter gehabt.

Das junge Glück und der Gefühlsschlemm

„Er" war wieder solo und ein hervorragender Bridgespieler. „Sie" war auch wieder solo und eine ebenso gute Bridgespielerin. Beide kenne ich seit Jahren. Aber kenne ich sie wirklich? Es ist alles so anders geworden. Vieles, was jetzt geschieht, kommt völlig unerwartet. Um so mehr freut es mich für beide.

Auch die beiden kannten sich seit Jahren, wenngleich nur als Gegner am Bridgetisch. Urplötzlich traf sie fast zeitgleich Amors Pfeil. Schmetterlinge aller Orten. Seitdem ist nichts mehr wie es war. Bestehende Bridgepartnerschaften werden zumindest relativiert, über Jahre bewährte Teambesetzungen „überdacht". Eine neue ultimative Bridgepartnerschaft ist geboren. Ein „Dreamteam" auf allen Ebenen. Erste Anzeichen gab es bei der Turnierwoche im Spätsommer an der Ostsee. Er, sonst einer unserer eifrigsten Privatspieler bis tief in die Nacht zwischen den offiziellen Turnieren, zeigte plötzlich mehr Interesse an einer nächtlichen Strandparty und überließ unsere Zoppelrunde sich selbst. Wir hörten die Nachtigall trapsen. Und waren etwas verstört.

Glück in der Liebe, Pech im Spiel. Die ersten gemeinsamen Turniere bringen nicht den der individuellen Spielstärke angemessenen Erfolg. Man ist halt noch nicht eingespielt.

Aber man ist unvorstellbar tolerant. Wer beide kennt, vor allem ihn, dem niemand den Vorwurf machen würde, er sei ein Leisetreter, ist überrascht, welch sanfte Töne ein Mensch anschlagen kann, von dem man anderes gewöhnt ist. Und das sogar am Bridgetisch. Jede unglückliche Entscheidung des Partners wird mit einem milden Lächeln quittiert, das keineswegs ironisch gemeint ist. „Liebling, das macht doch nichts. Ich hätte genauso gereizt. Wir hatten ein wenig Pech." oder „Ich finde es toll, daß Du noch etwas versucht hast." Seltene Tops lösen Jubelstürme aus. Nichts aber toppt den Gefühlsschlemm, den gegen alle Wahrscheinlichkeiten aus dem Bauch heraus gereizten Schlemm, der dann und zur Überraschung aller auch noch geht. Lust pur. Gelegentlich flüstert er ihr zu „Laß mich nur machen, Schatz, manchmal muß ich etwas versuchen. Ab und zu geht es schief. Aber wenn es klappt, dann bekomme ich einen Lauf...". Dabei schaut er sie an wie Humphrey Bogart in seinen besten Zeiten bei seinem legendären „Schau mir in die Augen, Kleines". Sie schmachtet zurück. Und läßt ihn machen.

Auf der anderen Seite bringt die beiden nichts, aber auch gar nichts aus der Fassung. Gelegentlich erwecken sie sogar den Eindruck, die Pausen zwischen den einzelnen Durchgängen, in denen sie sich ebenso rasch wie diskret zurückziehen, seien ihnen wichtiger als die gespielten Hände selbst. Die Partnerin, die auch die deutlichste Markierung nicht erkennt, wird tröstend in den Arm genommen. Umgekehrt läuft es genauso. Selbst das unglücklichste Alleinspiel löst kein einziges Wort der Kritik aus. Verständnisvolles Nicken, liebevolles Verständnis. Blicke wie durch Schleier. Jeder sucht die Schuld ausnahmslos bei sich. Wie unwichtig sind doch Turnieranschriften geworden. Was bedeuten schon Minus 1700. Nach Turnierende hat man ohnehin Besseres vor.

Der Beobachter dieser harmonischen Zweisamkeit am Bridgetisch ertappt sich bei der unausgesprochenen Frage, ob das so bleiben kann. Man selbst erinnert sich der Zeiten, in denen auch in eigenen Bridgebeziehungen der Himmel noch voller Geigen hing. Man konnte dem Partner rein gar nichts übelnehmen, was auf Wechselseitigkeit beruhte. Und man konstatiert, daß dieser überaus angenehme Zustand leider nicht die Jahre überlebt hat. Man fragt sich, wie es den beiden später ergehen wird. So sie denn, wovon man ausgeht und was man ihnen von Herzen wünscht, ein Paar bleiben. Daß sie sich auch in einem, fünf oder zwanzig Jahren am Bridgetisch gegenübersitzen. Und wir entwerfen in unseren geheimsten Gedanken ein Szenario, das von der Wirklichkeit widerlegt werden mag:

Ein nicht unbedeutendes Bridgeturnier im Jahre 2004. Beide sind mittlerweile verheiratet und tragen sogar den gleichen Familiennamen. Sie spielen immer noch Bridge und überwiegend auch immer noch miteinander. In den Spielpausen verläßt man nicht mehr fluchtartig das Spiellokal und wenn, dann um dem anderen ein Getränk zu holen. Man spielt mittlerweile relativ konstant vom Ergebnis her im gehobenen Bereich und freut sich immer noch über gute Anschriften, wenngleich nicht mehr ganz so euphorisch wie vor Jahresfrist. Mittlere

Anschriften werden überrascht zur Kenntnis genommen. Schlechte Anschriften verlangen nach Erklärungsbedarf. Man diskutiert angestrengt, das eine oder andere erste Stirnrunzeln ist unübersehbar. Markierungen sind durchaus ein Thema geworden. Alleinspiele ohnehin. Es fällt aber nach wie vor kein böses Wort, jedenfalls nicht, wenn man strenge Maßstäbe anlegt. Nur in ihrem Innersten beginnen beide, dem anderen ganz dezent doch die Schuld für das eine oder andere Desaster zu geben. Und Minus 1100 können durchaus das Ob und Wie des Après Bridge beeinflussen.

Ein relativ unbedeutendes Bridgeturnier im Jahre 2008. Beide sind immer noch verheiratet und tragen unverändert den gleichen Familiennamen. Beide spielen immer noch Bridge, öfter auch noch miteinander. In den Spielpausen läßt man sich vom anderen ein Getränk holen. Man hat sich in der Spitze der M-Gruppe etabliert und nimmt gute Anschriften wie selbstverständlich zur Kenntnis. Mittlere Anschriften können kleine, schlechtere Anschriften größere Beben verursachen. Die Wortwechsel werden hitziger. Diskussionen werden keineswegs mehr beleidigungsfrei geführt. Beide sind mittlerweile überzeugt, mit anderen Partnern weit erfolgreicher spielen zu können. Eine übersehene Markierung kann einen Zornausbruch bewirken, ein verunglücktes Alleinspiel eine Schimpftirade. Minus 800 können dazu führen, daß aus den ohnehin schon getrennten Schlaf(f)zimmern für Wochen getrennte Flügel der hochherrschaftlichen Villa werden. Nicht nur aus diesem Grund findet seit geraumer Zeit kein Après Bridge mehr statt.

Ein völlig unbedeutendes Bridge-Turnier im Jahre 2023. Beide sind immer noch verheiratet. Sie hat allerdings ihren Mädchennamen wieder angenommen. Beide spielen immer noch Bridge. Und nur noch miteinander. Mangels Alternative. In den Spielpausen sitzt man sich schweigend gegenüber, bis der Turnierleiter das Zeichen zum Wechsel gibt. Man hat ein wenig den Anschluß an die Spitzengruppe verloren und ist mit mittleren Anschriften wieder recht zufrieden. Über Markierungen und Alleinspiele hat man schon seit langem kein Wort mehr verloren. Minus 500 führen allenfalls noch zu einer ironischen oder resignativen Bemerkung, die jede Diskussion sofort unterbindet. Beide sind überzeugt, in diesem Leben doch keinen anderen Bridgepartner mehr zu finden. Schon gar nicht den idealen. Und was statt Après Bridge stattfindet, überlasse ich der Fantasie des geneigten Leser. Wem das nicht reicht, der sei auf die Kurzgeschichte „Anti Avanti" in meinem Bridge-Buch „Wer reizt hier wen?" hingewiesen.

Ich bin jedoch überzeugt, daß dies nur ein Worst-Case-Szenario ist. Tatsächlich wird unser junges Glück sich auch in 20 Jahren noch anlächeln, wenn ihnen am Bridgetisch das Fell über die Ohren gezogen wird. Sie werden auch dann noch den „Gefühlsschlemm" ausreizen und sich notfalls zuflüstern „Verzeih, Schatz, es war allein mein Fehler …".

P.S.: Unser junges Glück hat die ersten knapp zwei Jahre mittlerweile souverän überstanden. Unverändert wird in jeder Bridgepause geturtelt. Auf 2008 und vor allem 2023 bin ich aber immer noch gespannt.

Sizilianische Fehleinschätzungen

Renzo, der geniale Schönheitschirurg aus der Kleinstadt nördlich von Hamburg, hatte natürlich nicht mit dem Bridgespielen aufgehört. Trotz der bridgelichen Katastrophen auf der schon deshalb wenig erholsamen kombinierten Bridge- und Golfreise auf dem schneeweißen Kreuzfahrtschiff quer durch das Mittelmeer.

Er hatte einige Wochen gebraucht, um sich von diesem Urlaub zu erholen. Die selbst auferlegte Bridgepause war hilfreich gewesen. Allerdings war diese Pause mit vier Wochen nicht ganz so lang gewesen wie ursprünglich geplant, als Renzo nie mehr in diesem Leben ein Kartenspiel anfassen wollte. Doch der Alltag half ihm seinen Frustabbau mit Brustabbau zu bewältigen. Es war vorübergehend wieder sehr befriedigend, von der Natur gestraf(f)ten Frauen völlig andere Körbchengrößen zu verschaffen. Nach oben wie nach unten verändert. Er hatte einige Zeit Tag für Tag und oft genug an den Wochenenden am Operationstisch verbracht, Fett abgesaugt, neue Brüste modelliert oder mit Hilfe schmerzhafter Collagenspritzen volle Lippen gezaubert, die Assoziationen an Baywatch hervorriefen. Jedes ein Kunstwerk für sich, gelegentlich ein kleines Wunder. Aus Aschenputteln waren strahlende Schönheiten geworden. Aus seiner, Renzos, Hand. Er hatte dem lieben Gott ein wenig nachgeholfen, natürlich nicht unentgeltlich. Renzo hatte sich also nicht, wie er dies in seiner ersten Wut überlegt hatte, an seinen Patienten gerächt. Nicht nur daß sie überhaupt nichts für das Böse konnten, das Renzo am Bridgetisch widerfahren war. Renzo war einfach ein anerkannt guter Chrirurg und viel zu sehr Profi, um nicht zwischen Dienst und Privatem zu unterscheiden.

Nach dieser längeren Schaffenspause war nun endlich wieder Bridge angesagt. Die Turnierwoche in Timmendorf, fast als das Hausturnier Renzos zu bezeichnen, stand vor der Tür. Renzo entschloß sich, mit Alf zu spielen, einem seiner mehr oder weniger festen Partner. Einen wirklich festen Partner hatte Renzo seit Jahren nicht mehr. Trotz regelmäßig wiederholter Versuche hatte sich das Nervenkostüm keines seiner Mitspieler als so stabil erwiesen, daß hieraus eine dauerhafte Partnerschaft hätte entstehen können. Renzo verfügte daher über Gelegenheitspartner, ausnahmslos exzellente Spieler. Dies galt auch für Alf, der, als schweigsam bekannt, die Gabe hatte, die zum Teil wüsten Beschimpfungen Renzos äußerlich völlig unbeeindruckt an sich abgleiten zu lassen. Andererseits verband ihn mit Renzo die Liebe zum Risiko. Eine unter Bridgepartnern nicht selten anzutreffende Haßliebe, irgendwo Sado-Maso light. Bei manchen Turnieren konnte das „light" allerdings getrost gestrichen werden.

Das Eröffnungsturnier war passabel gelaufen, das Teamturnier eher semioptimal. Am Freitag hatte Renzo einen Golftag eingelegt, denn ein Mixed-Turnier wollte er sich an diesem schönen Spätsommertag nun wirklich nicht antun. Dafür galt die volle Konzentration dem Hauptpaarturnier am Wochenende. Es begann sehr ordentlich. Nach zwei von drei

Durchgängen führten Renzo und Alf mit respektablem Vorsprung. Doch dann kam der Schlußdurchgang. Bereits die ersten Runden waren nicht nach Renzos Geschmack gelaufen. Zu viele Schnittboards. Und dann hatte es doch tatsächlich ein polnischer Spieler gewagt, gegen ihn, Renzo, den allein legitimierten Bluffer auf diesem Planeten, zu bluffen. Und dies auch noch erfolgreich. Nachdem der Ruf nach der Turnierleitung nichts an seiner schlechten Anschrift änderte, was Renzo zu dem Ausspruch „Das kann das nicht sein" verleitete, traf man zum Glück in der folgenden Runde auf ein Paar, das Renzo und Alf noch nie ernstgenommen hatten. Aus Sicht beider keine M-Spieler. Aber wenn sie sich schon einmal in diese für sie eigentlich deutlich zu anspruchsvolle Gruppe gewagt hatten, dann durfte man sich über die leichten Opfer freuen.

Schon die erste Hand sollte Punkte bringen. Alf als Eröffner blickte auf ein stolzes Blatt ♠ K73, ♥ 87, ♦ AD 10 6 5 2, ♣ 7 3. Neun nicht sonderlich aufregend komponierte Figurenpunkte. Für alle Normalsterblichen, die kein Weak Two in Karo im Programm haben, ein klares Passe. Nicht so für Alf. Er war kein Normalsterblicher. Renzo und Alf hatten die Stärke des Sans Atout auf 10 bis 12 Punkte festgelegt. Und gegen schwächere Gegner konnte man von der Mindestanforderung durchaus schon einmal nach unten abweichen. Wo man doch eine wunderbare, ja geradezu furchterregende Sechserlänge besaß. Also eröffnete Alf mit Pokerface 1 SA. Der Nordspieler verfügte zwar über ein recht stabiles 6er Coeur, aber zu wenig Punkte für eine seriöse Zwischenreizung. Folglich paßte er. Das kam für Renzo beim besten Willen nicht in Betracht. Er konnte immerhin ♠ B8, ♥ D63, ♦ 73, ♣ AD10654, also ebenfalls 9 Punkte und eine wunderbare, ja geradezu furchterregende Sechserlänge sein eigen nennen. Nachdem er einen kurzen Gedanken an Schlemm verworfen hatte, legte er ohne Stopkarte das 3 SA-Gebot auf den Tisch, um gleichzeitig seine Gebote in die Bietbox zurückzustecken, weil er den Bietvorgang als beendet betrachtete.

Äußerlich unerschrocken, im Innersten aber höchst erregt, fand Süd mit ♠ AD10954, ♥ K2, ♦ B94 und ♣ KB ein Ausspielkontra, das seinen Partner zu Pik-Ausspiel von der Oberfarbkürze verleiten sollte. Gott sei Dank hatten die beiden Bridgeunderdogs für die Reizung 1 SA – p – 3 SA – x eine Vereinbarung getroffen: „Partner, greife Deine kürzere Oberfarbe an". Widerwillig sahen sowohl Alf als auch Renzo von dem eigentlich zwingenden Rekontra ab und erwarteten den Angriff. Zur Überraschung aller griff Nord nicht Pik von der Kürze, sondern Coeur von der Länge an, allerdings nicht völlig unplausibel mit dem Buben von AB10954 und Karo-König als möglichem Entrée. An dieser Stelle wird es Zeit, die volle Verteilung einzublenden, damit der geneigte Leser nachvollziehen kann, was dem armen Alf als Alleinspieler und dem in diesen Minuten kaum reicheren Renzo als fassungslosem Dummy in den nächsten 60 Sekunden widerfuhr:

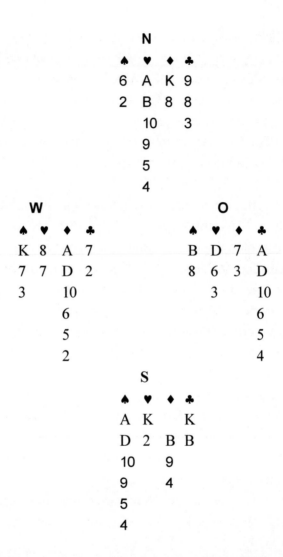

Alf deckte und verlor die ersten sechs Coeur-Stiche, bevor mit Verspätung der bereits mit dem Kontra erbetene Pik-switch kam. Mit Pik-König am Spiel versuchte Alf erfolglos den Schnitt in Treff, nur um in Windeseile vier weitere Pikstiche abzugeben. Süd bedauerte insgeheim schon, nicht den

Treff-König blankgestellt, sondern eine Pik-Karte von der wunderschönen Länge auf die sechste Coeurrunde geopfert zu haben. Aber auch so ließ sich das Ergebnis sehen: elf Stiche für die Gegner, zwei für die Herren mit den Vollspielambitionen auf Ost/West, denen am Schluß Karo-As nicht zu nehmen war. Bei günstiger Gefahrenlage „nur" Minus 1700, allerdings erstaunlicherweise kein einziger Matchpunkt für Ost/West. Shit happens.

Auch die nächste Hand mit 4 Coeur +1 bei eiskalten 6 Karo war ein eher begrenzter Erfolg. Und selbst die von Renzo erfüllten 4 Pik brachten wenig Punkte, nachdem fast alle anderen Gegner den unschlagbaren Kontrakt kontriert hatten, was sich die beiden Angsthasen auf der Gegenachse trotz der für sie großartig gelaufenen ersten beiden Boards gegen Renzo nicht trauten. Zusammengefaßt eine Runde, die dem Turniersieg der Favoriten alles andere als förderlich war. Und das gegen ein solches Deppenpaar! Renzo und Alf sahen ihre böse Vorahnung bestätigt, als ihnen wenig später das Endergebnis präsentiert wurde. Mit 55,5% wurden sie Vierte, unmittelbar auf dem undankbaren Platz neben dem Treppchen. Die Dritten waren 0,1, die Zweiten 02, und die Sieger schlappe 0,4% besser. Ein halber Top mehr oder eine halbe Null weniger hätten also schon locker zum Gesamtsieg gereicht. Welch grausames Pech! Renzo sah Alf an, dieser erwiderte den Blick und beide beschlossen für sich, ohne es auszusprechen, in der selben Sekunde „Nie wieder Bridge".

Mein Hund spielt Bridge

Er kann es tatsächlich. Arthos, unser dreijähriger amerikanisch-kanadischer weißer Schäferhund, den meine Ex-Frau und ich Heiligabend als zehnwöchigen Welpen im dichten Schneegestöber zur grenzenlosen Begeisterung unserer völlig überraschten Kinder bei einem Hundezüchter an der holländischen Grenze abgeholt hatten. Arthos, damals zwei Handvoll Hund, ist heute ausgewachsen und erreicht, wenn er sich zur freundlichen Begrüßung auf die Hinterpfoten stellt und Dir die Vordertatzen auf die Schulter legt, locker die Größe eines Kalbes. Hierdurch erschreckt er gelegentlich Unwissende, obwohl er das sanfteste und liebenswerteste Geschöpf auf Gottes Erde ist. Es kommt nicht von ungefähr, daß meine Ex-Frau wiederholt darüber klagte, daß ich Arthos zärtliche Worte zuflüstere, die sie schon seit langer Zeit nicht mehr gehört haben wollte. Nun gut, vielleicht hat Arthos einfach das bessere Gehör. Aber vielleicht hat sie auch recht. Zum Glück rivalisieren meine neue Lebensgefährtin und Arthos noch nicht. Mit einer kleinen Ausnahme.

Arthos hat ein paar kleine Macken. Insofern unterscheidet er sich kaum von uns. Eine seiner Marotten ist, daß er es sich offenbar zum Lebensziel gesetzt hat, die Vorlieben seines Herrchens bedingungslos zu teilen. Spiele ich Tennis, erreicht unser Ballbedarf locker die monatliche Umsatzvorgabe eines kleinen Sportartikelhändlers, denn Arthos liebt Tennisbälle.

Und sie halten seinem beherzten Zubiß nicht lange statt. Noch viel mehr liebt Arthos Golfbälle, obgleich er, was ihn ärgert, sie nicht zerbeißen kann. Immerhin schafft er es, mit bis zu drei Golfbällen im Maul gleichzeitig zu jonglieren! Arthos jagt jedem Golfball mit einer derartigen Begeisterung hinterher, daß man es fast bedauert, daß Hunde auf dem Golfplatz nicht zugelassen sind. Aber ein apportierter Golfball ist nun einmal mit den Golfregeln nicht in Einklang zu bringen. Außerdem apportiert Arthos nicht. Er behält, was ihm gehört.

Arthos mag, was ich mag. Deshalb mag Arthos auch Andrea. Wenn ich sie einmal zärtlich in den Arm nehme, stellt er sich sofort auf die Hinterfüße und wir tanzen zu dritt. Seine Eifersucht erinnert mich stark an meinen Sohn Jan Frederik im zarten Alter von zwei Jahren. Primatenshow in Reinkultur. Neben dem Geschmack Frauen betreffend deckt sich auch seine Vorliebe für Ernährungsweisen mit meiner, was umgekehrt nur bedingt gilt. Zum Glück hat Arthos bisher meine Malt-Whisky-Sammlung noch nicht entdeckt. Entdeckt hat er dafür meine Spielkarten. Seitdem spielt Arthos Bridge, wenn ich Bridge spiele.

Durch nichts in der Welt dazu zu bringen, sich in einem anderen Zimmer oder besser noch im Garten aufzuhalten, begrüßt Arthos heftigst schwanzwedelnd und tief beglückt winselnd meine Bridgefreunde. Sobald wir am Tisch sitzen, setzt er sich dazu, und zwar immer zu meiner Rechten, gewissermaßen als fünfter Mann auf Nord-Nord-Ost. Von der ersten bis zur letzten Karte. Meine Mitspieler sind nur bedingt begeistert. Arthos haart und riecht gelegentlich nach Hund, vor allem wenn er im Teich war. Am schlimmsten ist – er schummelt! Aber dazu später.

Meine Mitspieler stören sich auch an der Art und Weise, wie Arthos kiebitzt. Würde er wenigstens mit Pokerface dasitzen und das Geschehen kommentarlos verfolgen. Nicht so Arthos, der eine ausgeprägte Mimik und Gestik hat. Und ein gewisses schauspielerisches Talent, wobei wir noch darüber streiten, ob dies genetisch bedingt ist oder adaptierte Verhaltensweise nach drei Jahren Leben und Erleben in einer gelegentlich etwas chaotischen Familie.

Es ist noch hinzunehmen, daß er mit dem Schwanz wedelt, wenn ich ein Vollspiel gewonnen habe. Eigentlich wedelt Arthos mit einem beneidenswerten Durchhaltevermögen immer mit dem Schwanz, und sein Schwanz hat die Dimension eines XXXL-Staubwedels. Ebenso mühelos wie er mit dem Schwanz einen großen Teil des Parketts staubfrei wedeln kann, kann er ohne jedes Unrechtsbewußtsein auf einen Schlag zwei bis drei Gläser vom Tisch wischen. Bevorzugt volle. In der Bridgerunde sind wir jetzt dazu übergegangen, auf IKEA-Gläser oder –Becher zurückzugreifen, die zudem rasch geleert werden müssen, um die Fleckengefahr zu reduzieren. Heißer Kaffee auf ex – nicht jedermanns Sache.

Arthos beschränkt sich aber nicht darauf, Kiebitz zu sein. Er spielt mit. Und er leidet mit. Wenn mein Partner ein fragwürdiges Gebot abgibt, legt Arthos den Kopf schief, wie es nur Schäferhunde können. Das ist durchaus rassetypisch. Da aber mein Partner sehr häufig fragwürdige Gebote abgibt, legt Arthos ebenso häufig den Kopf schief. Was mich Zusammenhänge erkennen läßt.

Wenn der linke Gegner blufft, knickt Arthos das linke Ohr ab und wiederholt dieses Kunststück mit dem rechten Ohr, wenn der rechte Gegner blufft. Erstaunlicherweise haben dies meine jeweiligen Gegenspieler bisher nicht festgestellt. Sie sind nur höchst erstaunt über meine neuerdings ungewohnt hohe Trefferquote beim Aufdecken von Bluffs.

Wenn ich ein Alleinspiel versiebe, macht Arthos Platz und legt sich die Pfote über die Augen. Er kann das Unglück nicht mit ansehen. Mein Partner ist neidisch, daß er, obwohl ihm danach ist, dieses Kunststück nicht kann. Am schlimmsten ist es aber, wenn ich gesqueezt werde. Mein Rüde mag den Squeeze nicht, vor allem, wenn er sich gegen Herrchen richtet. Arthos mutiert dann sekundenschnell vom kuscheligen Familienhund zum weißen Wolf. Sein anfänglich leises Knurren geht in ein dumpfes Grollen über. Arthos legt demonstrativ sein Gebiß frei, was den Blick auf imposante Fangzähne erlaubt. Dies läßt Rückschlüsse darauf zu, daß diese Hunderasse in den Südstaaten im vorletzten Jahrhundert dazu verwendet wurde, entflohene Negersklaven zu jagen. Unser bedauernswerter Gegner bekommt einen Eindruck von dem, was folgen könnte, falls der Squeeze nicht sofort beendet wird. Dies führt dazu, daß er in aller Regel seinen Spielplan ad hoc überdenkt. Ich ahne, daß nicht ich den Squeeze geknackt habe. Arthos – die Kinder rufen ihn „Arti" – sitzt sofort wieder artig da. Wenn aber ein Gegner den Versuch unternimmt, meinen Hund vorsichtig zu kritisieren – ein lautes

Schimpfen verbietet sich, da Arthos dann schnell wieder die vorbeschriebene Wolfshaltung einnimmt – hält mein Hund ihm die linke, gelegentlich auch die rechte und an guten Tagen auch beide Pfoten hin und guckt so treuherzig wie ein neugeborenes Eichhörnchen. „Ich bin doch kein Wolf". Wer könnte ihm da noch böse sein?

Manchmal überlege ich, wie man die Fähigkeiten von Arthos noch effizienter einsetzen könnte. Ich denke z.B. an ein kurzes Zwinkern für jedes As meines Partners. Die konventionelle As-Frage wäre so überflüssig geworden und frei für ein anders festgelegtes Gebot. Als Nebeneffekt wäre das nicht zu unterschätzende Restrisiko beseitigt, daß mein Partner die As-Frage falsch versteht und/oder beantwortet. Schön wäre es auch, wenn Arthos die zumindest ungefähre Punktzahl beider Gegner durch eine arithmetisch exakte Zuordnung seiner Frolic-Brocken anzeigen könnte. Am liebsten wäre mir aber ein kurzes beiläufiges Lautgeben, wenn mein Partner wieder einmal unterwertig eröffnet hat, gewissermaßen eine modifizierte Flint-Konvention.

Interessant wäre auch ein Reizverbot für die Gegner. Sobald die Hand in die falsche Abteilung des Bietkastens gerät, deutet Arthos ein kurzes Zuschnappen an. Dies sollte reichen, um beide Gegenspieler auf „Dauergrün" zu stellen. Wir könnten uns dann darauf beschränken, nur noch die richtige Entscheidung zu treffen, ob durchgepaßt, ungestört 1 Karo gespielt oder ohne Störfeuer der Gegner der Schlemm ausgereizt wird. Dies könnte unsere Anschriften maßgeblich verbessern. Aber ist Arthos eigentlich DBV-zugelassen?

Nachdem Arthos als engagierter Kiebitz die Reiztheorie kennengelernt hat, können wir ihn neuerdings auch am Spiel selbst beteiligen. Zunächst beschränkten wir uns darauf, Arti zum Dummy zu machen, wenn sich ein Spieler kurz erfrischen wollte. Arthos bediente die Karten vorschriftsgemäß, allerdings sollte ich gelegentlich seine Krallen beschneiden, denn der Verbrauch an Spielkarten kommt dem an Tennisbällen gefährlich nahe. Aber natürlich ist ein talentierter Bridgehund als Dummy auf Dauer nicht ausgelastet. Also haben wir Arthos jetzt in das aktive Spielgeschehen einbezogen. Sein Alleinspiel ist gut, zumindest nicht wesentlich schlechter als das meines festen Partners (und wahrscheinlich deutlich besser als das meine). Sein Gegenspiel wirkt allerdings ab und zu etwas eigensinnig. Wenn er einen Spielplan hat, und den hat er nach Beendigung der Reizung unmittelbar, verfolgt er ihn systematisch bis zur letzten Karte, ohne von einem Abwinken des Partners überhaupt Notiz zu nehmen. Arthos ist in diesem Moment so sehr auf seine Treffs fixiert wie beim späteren Abendbrot auf seine Ringwurst. Aber seine Beharrlichkeit setzt sich verblüffend oft durch.

Schwächen hat er allerdings noch in der Reizung. Er verweigert aus Prinzip jeden Transfer und besteht darauf, den SA als Erster zu belegen. Wenn sein Partner tatsächlich einmal 1 SA eröffnet, ist dies eine Majestätsbeleidigung und schon setzt das bereits beschriebene dumpfe Grollen ein. Sein Partner versucht dann, mit den Gegnern zu verhandeln und das „vergriffene" 1 SA-Gebot in eine Unterfarberöffnung zu wandeln. Da die Gegner nicht eindeutig feststellen können, ob das dumpfe Grollen nicht etwa doch ihnen gilt, willigen sie in aller Regel sofort ein.

Aber letztens hat es Arthos übertrieben. Mein Partner verschwand kurz für kleine Mädchen. Arthos übernahm seine Hand. Ich eröffnete systemgemäß 1 Coeur, Arthos zückte mit der rechten Pfote das 1 Pik-Gebot. Auf mein 2 Coeur-Rebid griff Arthos regelwidrig mit der Schnauze die Stopkarte, um gleichzeitig mit der rechten Pfote das 3 SA-Schild herauszuziehen und seine linke Pfote fast entschuldigend vorzustrecken. Ich schüttelte sie und gratulierte Arthos zu diesem Kontrakt, den er nach Karo-Angriff mit Überstich erfüllte. Erst beim post mortem stellten die Gegner fest, daß sie 10 Pikkarten hatten und Pikangriff 3 SA gelegt hätte. Zu meiner 8 und 5 hatte Arthos die Single 4 in Pik. Ein klassischer, fast schon als brutal zu bezeichnender Bluff. Anyway, die Gegner fühlten sich geschädigt. Es entwickelte sich eine lebhafte Diskussion, in deren Verlauf Arthos zuerst den Kopf schieflegte, dann aus dem Sitz eine geduckte, angriffsähnliche Haltung einnahm, bevor er das Gebiß freilegte und ein leises, dunkler werdendes Grollen folgen ließ. „Ich bin doch ein Wolf." Die Gegner forderten, schon kompromißbereiter werdend, einen korrigierten Score, den Arthos entschieden ablehnte. Auf mein gut gemeintes Angebot hin, das Spiel zu annullieren und neu zu mischen, wandte sich mein Hund mir mit einem mir bisher nicht bekannten Gesichtsausdruck zu, der mich diesen Vorschlag schnell vergessen ließ. Wir entschieden uns, den Turnierleiter zu rufen, der Arthos in Person meiner Freundin den Turnierausschluß erklärte. Zu unserer aller Überraschung hatte Arthos keine Einwände. Allerdings hatte Andrea auch ein schlagenderes Argument als das Regelbuch – einen üppig bewachsenen großen Knochen! Tatsächlich ließ Arthos die Karten Karten sein und verschwand mit seiner Beute in den Garten. Geschlagene 15 Minuten spielten wir ungestört, bis sich wie von Geisterhand die Kaminzimmertür öffnete und ich zuerst einen weißen Staubwedel im XXXL-Format sah ...

P.S.: Übrigens – wie ich schon andeutete – spielt mein Hund auch Golf. Aber das ist eine andere Geschichte.

Ein verrücktes Paar

Der „Zickenfaktor" älterer Männer ist beachtlich. Er kommt dem wesentlich jüngerer Blondinen gefährlich nahe. Besonders schlimm können Altmännerpaare beim Bridge sein. Wir haben bei uns im Club so ein Exemplar. Mindestens eines. Die männliche Luderfraktion. Ich bin davon überzeugt, daß es in Ihrem Club nicht sehr viel anders ist. Ob man diese Bridgetypen klonen kann? Und warum erinnern mich die beiden nur immer so an die leider verstorbenen US-Schauspieler Walter Matthau und Jack Lemmon aus der legendären Fernsehserie und dem Film „Ein verrücktes Paar"? Manches geht gerade in letzter Zeit doch eher in Richtung „Muppet Show". Aber wenn ich mich richtig entsinne, gibt es auch in dieser Sendung ein älteres Männergespann, das immer ein wenig griesgrämig wirkt.

Die beiden Bridgefreunde, die ich meine, sind, jeder für sich genommen, eigentlich gar nicht so verkehrt. Privat können sie charmant und überaus liebenswert sein. Beim Bridge sind sie aber nie privat, sondern werden schnell förmlich, denn beim Bridge geht es ja bekanntlich nicht um Leben und Tod, sondern um viel, viel mehr.

Doch zunächst ein kleiner Exkurs: Es ist eine immer wieder verblüffende Erkenntnis im Bridge, daß sich die spielerische Qualität der Einzelspieler als Paar keineswegs zwingend potenziert. Oft ganz im Gegenteil. Unser stets etwas granteIndes Altherrenpaar ist die Kombination zweier ausgezeichneter Bridgespieler. Mit anderen Partnern haben sie schon große Erfolge erzielt. Dies gilt aber nur sehr bedingt für ihre gemeinsamen Bridgeabenteuer. Ihre Partnerschaft führt denn doch eher zu Synergieeffekten der etwas anderen Art.

Es scheint, daß sich spielerische Kreativität wechselseitig geradezu zwanghaft blockiert. Schlichtere Gemüter spielen eine ganz normale Hand nach Schema F ab und erzielen damit in der Regel einen zumindest durchschnittlichen Score. Dies ist nicht die Bridgewelt unserer beiden Helden. Für sie ist jede Hand etwas Besonderes, ein Mikrokosmos ihrer unbeschränkten Phantasien, ihres praktizierten Ideenreichtums. Sie bevorzugen das Exaltierte. Beide stehen nicht in dem Verdacht, Schnellspieler zu sein. Obgleich sie hervorragende Schachspieler sind und in ihren aktiven Zeiten durchaus erfolgreich an Blitzschachturnieren teilgenommen haben, wären sie im „Blitzbridge" zwei grandiose Fehlbesetzungen. Ab der zweiten Hand geraten sie in Zeitnot und nicht selten haben sie, wenn überhaupt, gerade eben die Reizung begonnen, wenn zum Wechseln gerufen wird. Wenn Sie nach intensiver Diskussion über die letzte Hand dann aber endlich bereit sind, dem Wechselruf zu folgen, treten Unterschiede zutage. Während der eine, wie groß die Katastrophe auch gewesen sein mag, zumindest nach außen hin gleichmütig zur nächsten Hand übergeht, hängt der andere spürbar und sichtbar noch längere Zeit dem letzten Board aus der vergangenen Runde nach. Er ist dann absolut nicht ansprechbar. Dies ist nicht immer seiner „Présence à tableau" im aktuellen Board zuträglich.

Zügig reizen und flott ausspielen ist beiden wesensfremd. Keine Hand ist leicht, jede zu legende Karte ein Riesenproblem. Der Leser kann es vielleicht schon der etwas distanzierten Schilderung entnehmen, daß diese Art Bridge zu spielen nicht meiner Auffassung von Bridge entspricht. Ich stehe auf dem unverrückbaren Standpunkt, daß mindestens zwei Drittel aller Hände sowohl in Reizung als auch Abspiel klar sind und keiner übertriebenen Überlegung bedürfen, also zügig abgespielt werden könnten. Verlorene Zeit, die man sich für die vergleichsweise wenigen wirklichen Probleme am Tisch bewahren sollte. Natürlich werden jetzt böse Zungen behaupten, daß ich bestimmte Probleme am Bridgetisch gar nicht erst erkenne. Aber damit kann – und muß – ich leben.

Es ist selbstverständlich legitim, daß dieses nicht nur von mir persönlich außerordentlich geschätzte ältere Herrenpaar eine völlig andere Sichtweise hat. Ich wüßte nur zu gern, welche verwinkelten Gedanken die beiden in ihrem Hirn ordnen, wenn sie wieder einmal für einige Minuten geradezu in Trance verfallen und im übertragenen Sinne Mattenflucht begehen. Einer von beiden erinnert mich dann regelmäßig an ein Reptil, das in bestimmten Situationen in eine Art Wachstarre verfällt. Spielt es bewußt den Scheintoten? Ist es eingeschlafen? Weilt es am Ende gar nicht mehr unter uns? Jeder Betrachter wäre überfordert. Wenn dieser Spieler dann aber die Lösung gefunden hat, mutiert er vom Reptil zum Berggorilla, kommt menschenaffenähnlich auf beide Fäuste gestützt vor und beugt sich über den Tisch. Ist er Alleinspieler, kann ich in diesem Moment als Gegenspieler die Hand abhaken. Dieser Kontrakt wird nicht mehr zu schlagen sein.

Ein – willkommener? – Nebeneffekt des Aussitzens ist, daß der Gegner irgendwann unruhig wird und nicht selten den Faden seines eigenen Spielplanes verliert, wenn es denn überhaupt nicht weitergeht. Das Syndrom der Zeitlupenspieler, die ich in drei Kategorien unterscheide:

Es gibt Spieler, die einfach von Natur aus langsam sind und immer wieder überlegen müssen, weil sie schlicht nicht mehr wissen, ob Karobube hoch ist. Die Erfolgsquote ihrer Denkpausen dürfte bei ziemlich exakt 50% liegen. Sie verzögern das Spiel nie absichtlich und gehören zum Erscheinungsbild von Bridge. Wenn sie es mit ihrem zögerlichen Spiel nicht übertreiben und die Zeitlimits einhalten, ist dagegen nichts einzuwenden.

Die zweite Gruppe ist den Spielern vorbehalten, die regelmäßig und an häufig ungeeignet erscheinenden Stellen in tiefes Grübeln verfallen. Bei ihnen ist die Grenze zwischen persönlichem Stil und bewußter Einflußnahme auf das Spiel- und Denktempo der Gegner fließend. Ein sicher auch ethisches Problem, zu dem ich mich an anderer Stelle gern noch einmal ausführlicher äußern möchte.

Die dritte, recht übersichtliche Gruppe setzt sich aus den Spielern zusammen, die zwar überdurchschnittlich viel Denkzeit in Anspruch nehmen, was sie immer wieder in Kollision mit der Spielzeit bringt. Andererseits kommen sie nach gründlicher Recherche regelmäßig zu beneidenswert guten Ergebnissen. Einen davon haben wir zu Gast im Club. Er ist mehrfacher deutscher Meister. Eigentlich spielt er in einer ganz anderen Liga, arbeitet aber in unserer Stadt, so daß wir ihn fast an jedem Spieltag begrüßen können. Sein Computergehirn spult alle Möglichkeiten durch und findet erstaunlich häufig die richtige Lösung. Bei ihm käme ich nie auf die Idee, zu glauben, daß er durch überlange Denkpausen die Gegner aus dem Konzept bringen will. Dennoch gestehe ich, daß diese Art der aussitzenden Spielerei mich - und nicht nur mich - gelegentlich nervt. Ein wenig schade ist auch, daß sich kein Turnierleiter traut, ihn zu verwarnen, geschweige denn gegen das Bridgedenkmal Strafpunkte zu verhängen. Aber dies hätten andere noch viel eher verdient.

Doch zurück zu unserem verrückten Paar. Ein Kuriosum ist, daß sie sich als Paar erst jetzt im Turnier gefunden haben. Seit vielen Jahren spielen sie regelmäßig im privaten Kreis, und dann selbstverständlich auch miteinander. Schon auf dieser Ebene war aber erkennbar, daß ungeachtet einer echten „außerbridgelichen" Freundschaft bei ihnen die bridgeliche Chemie leider nicht stimmt. Ich habe leider nie Statistik darüber geführt, wie oft einer von beiden die Asfrage abpaßte, weil es nach seiner Auffassung genau in dieser Sequenz die Asfrage nicht sein konnte. Und auch die direkte Damenfrage über 2 Karo, die beide in einem in Teilbereichen etwas antiquierten, in jedem Fall aber komplizierten künstlichen System spielen, war und ist für uns immer bares Geld wert. Erschwerend auf das Ergebnisprofil wirkt sich auch aus, daß einer von beiden leichte bis sehr leichte Eröffnungen bevorzugt, während der andere erklärtermaßen Wert auf solide Reizungen legt. Allerdings ist er selbst alles andere als ein Muster an Disziplin. Er ist scheinbar rettungslos dem Hang verfallen, immer wieder etwas ganz Besonderes machen zu müssen. An manchen Tagen wetteifern die beiden geradezu, besonders bizarre Highlights zu setzen. All dies geht einher mit einer leichten bis mittelschweren masochistischen Neigung zur Bestrafung des Partners, die ja zwangsläufig im Bridge auch immer Selbstbestrafung ist. Es muß aber eine diebische Freude machen, den Partner zu erwischen, nachdem er wieder einmal unterwertig eröffnet oder gegen sonstige Partnerschaftsvereinbarungen verstoßen hat. Außerdem trösten gelegentliche spektakuläre Erfolge über die häufiger zu verzeichnenden Verluste hinweg. Man muß schon mal etwas ins Geschäft stecken.

Es erleichtert natürlich den Abschluß des Reizprozesses nicht, daß beide gern Alleinspieler werden möchten. So rangelt man schon einmal um das erste Zugriffsrecht auf den SA und transferiert ungern. Wenn allerdings der Partner Transfer reizt, wird die Annahme dieses Transfers mit Vorliebe verweigert. Dies alles führt dazu, daß die beiden nicht immer im besten Kontrakt sind. Es ist bekannt, daß sich viele semioptimale Endkontrakte bei ambitioniertem Alleinspiel gewinnen lassen. Andererseits hat die Kompensationsgewalt des eigenen bridgelichen Könnens natürliche Grenzen. Auch dies ist ein Erfahrungswert, den aber beide, die gemeinsam knapp 80 Jahre Bridgeerfahrung auf dem Buckel haben, beharrlich ignorieren.

Mit dem Alter nehmen – wer von uns wäre davon frei? – leider auch die Schrullen zu, was beide tagtäglich eindrucksvoll dokumentieren. Mein Gott, geht es Dir in 15 oder 20 Jahren genauso? Es beginnt damit, daß beide fürchterlich gern Bridge spielen, ein jeder von beiden sich aber zu schade ist, den anderen zu fragen. Primadonnen im Doppelpack. Daher verstreicht so manches Turnier beiderseits ungespielt. Dies gilt übrigens nicht nur für gemeinsame Turniere. Beide sind aufgrund ihrer Spielstärke selbstverständlich seit jeher prädestiniert für Team- oder Auswahlkämpfe für unseren Club oder unsere Stadt. Ihnen würde aber ein Zacken aus der Krone fallen, wenn sie sich persönlich um so etwas bemühen müßten. Man will halt gefragt werden und ist schrecklich gekränkt, wenn einmal nicht gefragt wird.

Jedes Turnier ist kurz davor, ohne sie zu beginnen. Der eine ist fünf, der andere zehn Minuten nach Turnierbeginn anwesend. Beide sind damit auf eine verläßliche Art unzuverlässig. Da sie schon seit längerer Zeit nicht mehr zu den Berufstätigen zählen, unterliegen sie offensichtlich dem Rentnersyndrom „keine Zeit". Wer wollte auch von ihnen verlangen, daß sie, wie allgemein im Club erwünscht, zur Planung des Movements spätestens fünf Minuten vor Spielbeginn anwesend sind oder vielleicht sogar darüber hinaus noch bei den Turniervorbereitungen helfen. Dafür sind doch genug andere da.

Nach Turnierende stürzt sich der eine nach dem Abspiel der letzten Hand, das er bevorzugt seinem Partner zutransferiert, in den Mantel und verläßt mit flinken Schritten und quietschenden Reifen die Spielstätte. Der andere hängt dem Turnier noch bis tief in die Nacht nach und beglückt, da sein Partner für Aussprachen und Analysen nicht zur Verfügung steht, regelmäßig per Telefax den Rest der Bridgewelt mit seinen Erkenntnissen. Weiß der Rest der Bridgewelt dies zu schätzen?

Die Turnierleitung haben sie an bestimmten Tagen exklusiv am Tisch. Gelegentliche Bluffs, gepaart mit bridgemäßig vorsichtig formuliert ungewöhnlichen Aktionen vor dem Hintergrund der geschilderten Marotten, führen dazu, daß sie als Gegner am Tisch nicht gerade heiß begehrt sind. Schlechtere Spieler oder auch ältere Damen gehen mental blockiert schon mit minus 30% an den Tisch und beschweren sich häufig über das Verhalten der beiden, wenngleich ihnen bei objektiver Betrachtung nicht immer die Schuld gegeben werden kann. Einige haben schon angedroht, ihre Mitgliedschaft zu kündigen und ab sofort an Turnieren nicht mehr teilzunehmen, bei denen die beiden mit von der Partie sind. Andere haben diese Drohung sogar schon wahr gemacht. Damit sind unsere beiden Akteure die etwas ambivalente Mischung aus unverzichtbarem Cluburgestein und Gästeschreck mit vereinsschädigenden Tendenzen. Diese Doppelrolle füllen sie mit Inbrunst aus und kokettieren damit, daß man ihnen aufgrund ihrer Verdienste für den Club – rein sportlich gesehen mag dies stimmen – alles und immer wieder verzeihen muß. Man tut dies auch, denn das wirklich Verrückte an diesem verrückten Paar ist – würden sie ab sofort nicht mehr bei uns spielen, wir würden sie ganz schrecklich vermissen!

Rosenkrieg mit As und Driver

Viele Bridger spielen Golf. Viele Golfer spielen Bridge. Es liegt also nahe, daß Bridge/Golf-Turniere angeboten werden, was in letzter Zeit auch zunehmend geschieht, nachdem es schon seit Jahren kombinierte Reisen gibt. Robert, der aufgrund einer neuen Behandlungsmethode sein langjähriges Rückenleiden in den Griff bekommen hatte, konnte wieder Golf spielen. Er war daher begeistert, als er von einem Golf-Bridge-Mixed-Turnier ganz in der Nähe seines Wohnortes erfuhr. In gewohnter Manier fragte er seine Frau Barbara nicht, ob sie Zeit und Lust hätte, sondern verkündete ihr, man werde am übernächsten Wochenende gemeinsam dieses Turnier spielen. Barbara war nicht ganz so begeistert, was sie Robert jedoch wohlwissentlich vorenthielt. Stattdessen entgegnete sie:

„Wie schön, mein Schatz. Ich freue mich darauf. Vielleicht sollten wir aber zuvor eine Strategie besprechen?"

Robert dachte nur „Strategie? Wie kommt sie auf Strategie? Natürlich werde ich beim Golf wie auch im Bridge den Hafer einfahren und Barbara mit durchziehen".

Höflich, wie er gelegentlich war, antwortete er jedoch „Das ist eine großartige Idee, Liebling. Was stellst Du Dir denn vor?"

„Beginnen wir mit dem Golfturnier. Vielleicht sollte ich immer abschlagen, weil auf diesem Platz die Damenabschläge sehr weit vorne liegen."

„Das sehe ich aber völlig anders. Du weißt doch, daß ich mir erst kürzlich den neuen Superdriver gekauft habe. Seitdem bin ich noch länger und schlage selbst vom Abschlag der Professionals weiter ab, als Du dies vom Damenabschlag je schaffen könntest."

„O.K., einverstanden, dann übernehme ich eben den zweiten Schlag."

„Ja, das ist wohl nicht zu vermeiden. Versuche nur, die Bunker auszulassen. Wie Du weißt, ist im Moment auch das Rough nicht so angenehm. Da ich mit dem Abschlag auf dem Fairway landen werde, nimm Dein Holz 5 und schlage den Ball einfach nur ein Stückchen gerade aus. Den Rest erledige ich dann schon."

„Macho!" dachte Barbara, um zuckersüß zu erwidern „Eine blendende Idee, Robert. Mit dieser Taktik werden wir beim Golfturnier einiges an Punkten vorlegen können. Falls Du beim dritten Schlag wider Erwarten nicht sofort einlochen solltest, gebe ich auf dem Grün, das Du ja locker treffen wirst, mein Bestes."

„Das wird leider zu wenig sein" erwiderte Robert „aber spätestens mit dem fünften Schlag loche ich dann ein. Das sollte bei der zu erwartenden Konkurrenz reichen. Vor meiner Rückenverletzung hatte ich Handicap 15 und war auf dem besten Wege, einstellig zu werden. Schlechter bin ich bestimmt nicht geworden. Außerdem habe ich mich theoretisch auch in der schlimmen golflosen Zeit fortgebildet, gerade was das kurze Spiel betrifft. Gut, ohne dieses lästige Reglement, daß Du jeden zweiten Ball schlagen mußt, wäre ein Birdie auf allen Bahnen normal, aber auch so sollte es keinen Zweifel geben, wer den Siegerpreis mit nach Hause nimmt. Somit wäre dies geklärt. Aber was willst Du denn noch für das Bridgeturnier besprechen? Dort ist doch sowieso alles klar."

„Sicher, ich weiß ja, daß Du ein hervorragender Spieler geworden bist, obwohl Du zuerst von Bridge überhaupt nichts wissen wolltest. Aber vielleicht sollten wir uns doch irgendwann einmal auf ein gemeinsames System einigen, auch wenn wir nicht allzu häufig zusammen spielen".

„Papperlapapp", entgegnete Robert. „Jedes System ist so gut, wie es seine Anwender sind. Es hat nun mal keinen Zweck, mit Dir tiefer in schwierige Systeme einzusteigen. Perlen vor die Ferkel, mein Liebling. Du hast ja bisher noch nicht einmal begriffen, daß ich Kontra meine, wenn ich Kontra sage, und daß jedes SA-Gebot von mir die Reizung schlagartig beendet, egal was Du hast. Ich betone **jedes** Kontra. Solange Du diese elementaren Dinge nicht beherrschst, brauchen wir über etwas so Hochtrabendes wie ein „System" nicht zu reden."

Roberts Worte hatten deutlich an Schärfe gewonnen. Barbara kannte diesen Stimmungswechsel von unzähligen anderen Gelegenheiten. Sie lenkte daher sofort ein.

„Du hast ja völlig Recht, Liebster. Ich bin wirklich manchmal etwas zu undiszipliniert in der Reizung und vielleicht auch etwas zu egoistisch. Vermutlich bilde ich mir ein, daß ich, nur weil ich zehn Jahre länger Bridge spiele als Du, mehr Erfahrung habe. Aber das ist natürlich Unsinn. Du hast ungleich mehr Talent als ich. Ich bin ja jedesmal froh, wenn Du das Alleinspiel bekommst. Ich verspreche Dir auch, daß ich auf jedes Kontra und jedes SA-Gebot von Dir passen werde. Wirklich auf jedes. Darauf kannst Du Dich felsenfest verlassen, mein Schatz".

„Das finde ich lieb von Dir" sagte Robert, nicht ohne insgeheim zu denken, „das hält sie ja doch nicht durch". Aber was sollte er diesem flammenden Versprechen entgegnen? Es würde immer ein Abenteuer bleiben, mit Barbara Bridge oder Golf oder was auch immer zu spielen, wenn zu dem Spiel zwei gehörten und, schlimmer noch, beide gemeinsam gewertet wurden. Herreneinzel mit Damenbehinderung eben. Wie haßte er diese völlig überflüssige ehefeindliche Konstruktion. Nur gut, daß sie beide nie gemeinsam Tennis gespielt hatten. Beim Ehepaar-Mixed soll es ja schon Mord und Totschlag gegeben haben. Nein, er, Robert, war nicht sonderlich ehrgeizig, ambitioniert vielleicht, besser noch sportlich eingestellt, aber keineswegs ehrgeizig, schon gar nicht übermäßig ehrgeizig. Ihm ging es allein um die Ästhetik des Spiels, die Reinheit der Technik, Inhalte, die nie zum Tragen kommen würden, wenn eine Frau mitmischte. Erst recht nicht, wenn dies die eigene Frau war. Aber da die Dinge nun einmal so waren wie sie sind, konnte man im wirklichen Leben nur versuchen, Schadensbegrenzung zu betreiben und immer dann, wenn es galt, im Team anzutreten, das Heft in die Hand nehmen und es so fest in der Hand halten, wie es der Anlaß erforderte. Dies war der Schlüssel zum Erfolg, an dem er, Robert, der in kleinen Dingen wirklich großzügig war, seine Frau würde teilhaben lassen. Kein Problem. Man würde schon wissen, wer der wahre, der alleinige Matchwinner war. Manchmal war Robert richtig gerührt, wenn er darüber nachdachte, wie gut er war. Und wie edelmütig.

So (un-) vorbereitet starteten Robert und Barbara in das Turnier. Es sollte ein echter Marathon werden. Zunächst 18 Löcher Golf nach Stableford und dann 36 Boards Howell. Überwiegend waren Ehepaare am Start. Ihnen wurde ein Paar etwa gleichen Alters zugelost, das sie bisher noch nicht kannten. Die Mitspieler waren aus Süddeutschland angereist. Barbara fand die Frau – und insgeheim auch den Mann - auf Anhieb sympathisch, während Robert bei dem Gedanken etwas unbehaglich zumute war, mit diesem Angeber 18 Löcher spielen zu müssen. Vier bis fünf Stunden kostenloser Nachhilfeunterricht für diesen Schnösel. Zum Glück wechselten wenigstens beim Bridge die Gegner laufend. Dort waren die Trainerstunden kürzer. Alles andere wäre auch unerträglich.

Zuerst wurden die Scorekarten ausgetauscht und die Handicaps verglichen. Peter, so stellte sich der Mann vor, hatte Handicap 12. Er mußte daher ein guter Spieler sein. Dafür hatte seine Frau Elke, die erst vor gut einem Jahr mit Golf begonnen hatte, nur Clubvorgabe 54. Mit ihr würde Barbara, die seit Jahren bei Clubvorgabe 46 herumdümpelte, wohl mithalten können. Letztlich waren die Vorgaben nur relativ, weil nach Stableford, also einer relativen Wertung, abgerechnet werden sollte.

Peter schlug als Erster ab. Mit einem eleganten Schwung legte er ordentliche 180 Meter vor. Der Ball landete mitten auf dem Fairway in idealer Annäherungsposition zum Grün des Paar-4-Loches. Nun war Robert an der Reihe. Er hatte siegesgewiß auf das übliche Einschlagen auf der Driving Ranch verzichtet und auch das Putting Grün sich selbst überlassen. Geradezu belustigt hatte er beobachtet, wie Peter vor seinem ersten Schlag geschlagene fünf Minuten Stretching gemacht hatte. Das war etwas für Weicheier. Er, Robert, konnte nachts um 3.00 Uhr aus tiefstem Schlag geweckt werden. Ohne jede Vorbereitung würde er dann mit einem gekonnten Schwung jeden Ball im Sweet Point treffen und dahin befördern, wo es angesagt war. Vorbereitung war etwas für Anfänger, allenfalls noch für mittelprächtige Spieler. Spieler seiner Klasse waren bereit und in der Lage, ihre Leistung auf Knopfdruck abzurufen, wie ein bekannter Fußballtrainer es immer so schön formulierte. Ein Robert brauchte daher auch keinen Probeschwung. Er baute sich hinter dem Ball auf, einem der neuen hochpreisigen, bei denen man für ein 10er-Pack schon fast einen Golfschläger erstehen konnte, und sprach ihn an. Nach einem mächtigen Rückschwung drosch Robert dann nach Leibeskräften auf das unschuldige, kleine, runde Etwas ein, das sich jedoch zur Überraschung aller mit starkem Backspin auf einer elliptischen Bahn fortbewegte, um dann deutlich vor dem Damenabschlag in einer kleinen Kuhle liegen zu bleiben. Eine klassische Lady, die nachher im Clubhaus die erste Runde auf Roberts Kosten bedeuten würde. Ein echter Karnickelschlag. Robert murmelte etwas von „in der Konzentration gestört worden" und verschwieg schamhaft, daß er sich bei diesem völlig mißglückten Schlag gleichzeitig eine schmerzhafte Zerrung im Oberschenkel zugezogen hatte. Aber ein echter Mann mußte die Zähne zusammenbeißen können. Also auf und mit etwas schleppendem Schritt in die über 6000 Meter lange Runde gestartet.

Da der Ball nach den Golfregeln geschlagen werden muß wie er liegt, durfte Barbara nicht auf dem Damenabschlag aufteen, sondern mußte das Beste aus der Situation machen. Im konkreten Fall lag der Ball beinahe unspielbar in einer Kuhle. Dennoch gelang Barbara ein sauber getroffener Schlag, den Robert achselzuckend zur Kenntnis nahm. Ein wenig länger hätte der Schlag schon sein dürfen. Jedenfalls aus Roberts Sicht, der zu einem Fairwayholz griff, obgleich die Lage des Balles eigentlich eher ein Eisen angezeigt erscheinen ließ. Vielleicht für Normalspieler, zu denen sich Robert weiß Gott nicht zählte. Er mußte mal wieder die Kartoffeln aus dem Feuer holen und die unzulängliche Vorarbeit seiner Frau kompensieren. Mit einer gewaltigen Ausholbewegung, die seiner Oberschenkelzerrung nicht unbedingt zuträglich war, beförderte Robert den Ball unmittelbar in den links seitlich vor ihnen liegenden See. Er schreckte einige Enten auf. So ein blöder Strafschlag. Nur weil seine Frau ihm keine vernünftige Vorlage gegeben hatte. Das Loch war unrettbar verloren. Vergleichbare Szenarien wiederholten sich an den folgenden 17 Löchern. Robert patzte bei fast jedem Schlag. Er ließ keinen Bunker aus und mußte etwa ein Dutzend Bälle verloren geben. Für jedes Dilemma hatte Robert aber eine Erklärung, denn eine Entschuldigung brauchte ein Klassespieler wie er nie. Es war allein seiner solide durchspielenden Frau zu verdanken, daß beide in der Golfzwischenwertung noch auf einem knappen Mittelplatz landeten. Robert machte seiner Frau dennoch bittere Vorwürfe. Viel Zeit hierfür blieb allerdings nicht, weil die Turnierleitung schon zum Beginn des Bridgeturnieres aufrief.

In der ersten Hand erfüllte Robert 3 SA, die nach einem etwas unglücklichen Angriff absolut unverlierbar waren. Dies hielt ihn nicht davon ab, seiner Frau zuzurufen „Hast Du gesehen, Barbara, wie das geht? Solide Spieltechnik, eine gute Portion Psychologie und dann das Feeling für die richtige Karte zur richtigen Zeit. Schade, daß Dir das so völlig abgeht." Barbara schluckte und schwieg, erfüllte aber im nächsten Board einen Teilkontrakt, der eigentlich ungewinnbar war. Doch dann schlug wieder Roberts große Stunde. Der rechte Gegner eröffnete 4 Coeur und Robert legte mit eindrucksvoller Geste das Kontraschild auf den Tisch. Barbara schaute kurz auf ihr 6er Pik und das Single Coeur, erinnerte sich aber sogleich an die letzte Predigt ihres geliebten Gatten „Wenn ich Kontra sage, meine ich Kontra". Also paßte sie. Der Gegner erfüllte mit Überstich. Robert war wie vom Donner gerührt. Er hatte das klassischste Negativkontra aller Zeiten auf der Hand gehabt. Chicane in Coeur, ein Vierer-Pik, ein Fünfer-Karo und ein Vierer-Treff mit stolzen 18 Punkten.

Der starke Dreifärber in der Gegenreizung. Und sie, diese dusselige Kuh, hatte diese simple Reizung nicht verstanden. Wer in aller Welt spielt denn auf die 4 Coeur-Eröffnung ein Strafkontra? Es hatte einfach keinen Zweck. Ein Rennpferd und ein Kaltblüter können nun einmal nicht im gleichen Team spielen. Dies bestätigte Robert dann auch die unmittelbar darauf folgende Hand. Auf ein Weak-Two-Gebot der Gegner mit 2 Coeur reizte er mit 2 SA schulbuchmäßig einen Zweifärber in Unterfarben. So dachte er jedenfalls und verstand die Welt nicht mehr, als seine Frau diese Reizung abpaßte, weil sie punktarm und von einem echten Gebot ausgegangen war. „Wenn ich SA sage, meine ich SA. Du hältst dann die Klappe und erhöhst allenfalls noch auf 3 SA". Dies war ihr noch zu gut im Ohr, um nicht in gutem Glauben zu handeln. Von diesem Glauben fiel Robert in derselben Sekunde ab.

Er machte seiner Frau keine große Szene, sondern zischte ihr nur eine bissige Bemerkung zu. Die Strafe würde sie später bekommen. Fast überflüssig zu erwähnen, daß die beiden auch in der Gesamtwertung auf einem der hinteren Ränge landeten. Nach einer Gardinenpredigt, die schon auf der Heimfahrt im Auto einsetzte, sperrte Robert seiner Frau als erstes die Kreditkarte. Aber Barbara hatte genug gelitten. Irgendwann lief auch das größte und geduldigste Faß über. Noch am gleichen Tage sägte sie seinen Superdriver an, ließ seinen Laptop abstürzen und zog unter Mitnahme des Tafelsilbers zu ihrer Mutter. Von dort aus verabredete sie sich zu einem Rendezvous mit Peter, dem Golfmitspieler vom Wochenende. Er schien deutlich weniger Handicap (s) zu haben als ihr guter Robert. Wenig später erhielt Robert Post von ihrem Anwalt, der ihm die Unterhaltsrechnung aufmachte. Viele große Zahlen. Trotz Euro. Robert war völlig entgeistert. Seine Frau hatte ihn doch böswillig verlassen. War denn das Schuldprinzip wirklich schon abgeschafft? Und warum in aller Welt sollte er, Robert, der sich ein Leben lang für seine Frau abgeschuftet hatte, sie jetzt auch noch unterhalten? Obwohl sie mit Peter Golf und Bridge spielte und vermutlich nicht nur das. Heftigst empört suchte Robert seinen Anwalt auf, der ihn als erstes um einen Kostenvorschuß bat.

Vier Goldfische im Haifischbecken

Andi, Biggi, Mirja und Susi hatten vieles gemein – sie waren jung, hübsch und ausnahmslos liebenswert. Was man nur mit gewissen Einschränkungen von einigen anderen Mitgliedern im Bridge-Club sagen konnte. Schon deshalb umgab sie im Club der Hauch des Exotischen. Kaum jemand hätte gedacht, daß dieses hübsche Quartett das Vereinsleben bereichern würde. Am allerwenigsten die vier selbst.

Biggi hatte vor gut einem Jahr von ihrer Mutter, einer passionierten Bridgespielerin, gehört, daß der Club einen Anfängerkurs anbietet. Sie hatte ihre drei Freundinnen angesprochen. Weniger aus Begeisterung als aus der Überlegung heraus „warum eigentlich nicht" hatte die Clique sich angemeldet. Acht weitere – größtenteils nicht ganz so junge - Damen dachten ebenso. Jetzt, zwei Monate später, waren nur noch Andi, Biggi, Mirja und Susi am Ball. Jede von ihnen hatte öfter als einmal an Aufgeben gedacht, aber wenn eine schwächelte, hatten die anderen sie mitgerissen und neu motiviert. So hatten sie Höhen und Tiefen von drei Bridgekursen, unzähligen Übungsabenden und einem Anfängerturnier überlebt, oft genug nur böhmische Dörfer verstanden, aber auch erste Erfolgserlebnisse genossen. Der Mittwochabend war für die Truppe zu einer festen Einrichtung geworden. Zum Leidwesen ihrer Partner war dies ihr persönlicher Kartenabend oder, wie sie es ausdrückten, ihre Schutzburg. An diesem festen Termin war nicht zu rütteln, da konnte kommen was wollte. Der Bridgeabend wurde zum Kult und regelrecht zelebriert. In der Theorie reihum, in der Praxis aber so gut wie ausschließlich bei Andi, bei der im Wintergarten ein echter Bridgetisch lockte, wurde zuerst ausgiebig geklönt, abgelästert, gegessen und getrunken, dann aber dem eigentlichen Zweck des Abends gefrönt – dem Bridgespiel. War das schon Bridge? Wohl allenfalls „Freestyle". Das Kleeblatt reizte ebenso wild wie entschlossen. Paßschilder wurden beharrlich ignoriert, Gefahrenlagen tollkühn mißachtet. Schließlich wissen ja auch alte Bridgehasen nicht immer, wer gegen wen verteidigt. In ihrer Runde konnte jeder sicher sein, zumindest nicht kontriert zu werden, denn die Bedeutung der roten Schilder war in ihren Bridgekursen nur angerissen, von den vier Hübschen aber nie ganz richtig verstanden worden. Demzufolge war 5 ♥ in Gefahr über 4 ♠ der Gegner gereizt für –400 eine absolut normale Anschrift.

Über die Spieldurchführung möchte der Verfasser an dieser Stelle den Mantel des Schweigens hüllen. Zuviel lag noch im Argen. Das spürte die Viererbande auch. „Mädels, wir müssen etwas tun", sprach Biggi, die Ehrgeizigste und Sprecherin der Gruppe, an einem wieder einmal sehr lustigen, bridgemäßig betrachtet aber eher frustrierenden Mittwochabend. Wieder einmal hatten viele Gläser Sekt zu ebenso vielen um die Ecke gespielten Vollspielen geführt. Also war es an Biggi, ein Machtwort zu sprechen: „Entweder melden wir uns zu einem vierten Kurs an, hören auf oder wir starten durch". „Wie meinst Du das", fragten ihre Freundinnen einigermaßen verständnislos. „Ganz einfach, wir beschränken uns nicht mehr auf Rubber Bridge, wir gehen ins Turnier." „Turnierbridge, Klasse, wann und wo", fragte Mirja, die Coolste der Gruppe, die immer völlig furchtlos erschien. „Na, wo schon. Wir sind doch Mitglied im Bridgeclub I und haben dort die Anfängerkurse gemacht. Also treten wir dort und nirgends anders an. Am nächsten Montag um 18.00 Uhr geht es los. Ich spiele mit Susi und Andi mit Mirja." Hough, der Häuptling hatte gesprochen. Niemand wagte zu widersprechen. Die vier Grazien saßen also an besagtem Abend pünktlich, durchgestylt und mit klopfendem Herzen zur erfreuten Verwunderung der anderen, namentlich der männlichen, Clubspieler am Bridgetisch. Sie wurden vom Vorsitzenden vorgestellt, der die erfahrenen Bridgespieler um Toleranz und Nachsicht bat. Er blickte einigen Spielern besonders fest in die Augen, was diese achselzuckend zur Kenntnis nahmen. Ihnen war überhaupt nicht bewußt, daß sie die schwächeren Paare im Club mit Pseudobluffs und Psychotricks regelmäßig aufmischten. Vor ihnen wollte der Vorsitzende die vier blutigen Anfängerinnen schützen. Aber wie schützt man Goldfische vor Haifischen?

Alles begann friedlich. Die ersten Runde spielten die vier Goldfische an einem Tisch. Sie endete unentschieden. Jede der drei Anschriften würde allerdings im späteren Verlauf des Abends noch für Verwunderung sorgen. Die Mädels waren sich keiner Schuld bewußt, was sich rasch ändern sollte, als sie sich in der zweiten Runde des Turnieres erstmals in Feindesland begaben. „Dürfen wir Ihre Konventionskarte sehen?" An was man nicht alles denken mußte. Warum in aller Welt brauchte man eine Konventionskarte? Sie spürten, daß es sie disqualifizieren würde, zu fragen. Also entschieden sich Andi und Mirja, denen die Frage gestellt worden war, zu einem frechen Konter: „Die ist gerade in Bearbeitung. Wir spielen Forum D mit starkem SA. Dürften wir Ihre Karte sehen?" Das saß. Das fragende Paar hatte es seit ewigen Zeiten nicht für erforderlich gehalten, eine eigene Konventionskarte auf den Tisch zu legen. Man beschied die Neulinge knapp „Better Minor, SA 11 bis 14, beliebig verteilt, Ausspiel 2./4."

So viele geheimnisvolle Kürzel! Better Minor hatten sie schon gehört. Das war wohl das Grundsystem. Daß man den SA mit weniger als 16 Punkten spielen konnte, war ihnen neu. Und was in aller Welt bedeutete „beliebig verteilt"? Das „Ausspiel 2./4." hatten sie schon gar nicht mehr zur Kenntnis genommen. Sie konnten mit dieser Aussage überhaupt nichts anfangen, waren aber zu stolz, dies zu zeigen. Also beendete Mirja den Dialog forsch mit „alles klar". Als ob dieser leicht dahingeworfene Satz Lügen gestraft werden sollte, eröffnete der Spieler rechts von Mirja als Teiler mit 2 Karo, was der Spieler links von Mirja mit einer routiniert gelangweilten Geste alertierte. „Du mußt fragen, was das heißt", versuchte Andi Hilfestellung zu geben. „Müssen muß hier keiner was und Sie sind überhaupt nicht an der Reihe", beschied sie einer der Gegenspieler. Andi zuckte zusammen und murmelte etwas wie „Tschuldigung". „Aber ich bin an der Reihe und ich möchte gerne wissen, was 2 Karo bei Ihnen bedeutet", ergriff die unerschrockene Mirja die Initiative. „Er kann ein schwaches Coeur, ein starkes Pik, ein starkes Treff, ein starkes Karo, einen starken SA oder einen starken Dreifärber haben", kam die hochinformative Antwort. „Das alles", staunte Mirja. „Natürlich entweder oder, junge Dame", schulmeisterte sie der linke Gegenspieler. „Und woher weiß ich, was er hat?", ließ Mirja nicht locker. „Das erfahren Sie schon früh genug. Warten Sie doch die Reizung ab". Mirja dachte nicht daran. Abwarten war ihr artfremd. Sie war eine Frau der Tat. Und was lag näher als 2 Karo zu kontrieren, wenn man selbst ein 7er Karo mit guter Eröffnungsstärke hatte? Also Kontra. In Sekundenschnelle lag links das Rekontraschild auf dem Tisch. „Was heißt das?", eröffnete Mirja die Diskussion wieder. „Sie sind nicht mehr dran, aber vielleicht bald wieder", zischte der Eröffner, einer der Spieler, den der Vorsitzende bei seinen Begrüßungsworten fest im Blick gehabt hatte. Andi war an der Reihe, traute sich aber weder zu fragen noch zu reizen. Dabei hätte es sie schon gelockt, ihr 6er Pik mit 18 Punkten zumindest einmal zu nennen. Aber eine Eröffnung der Gegner auf Zweierstufe und ein Rekontra sprachen wohl dagegen. Also paßte Andi mit schlechtem Gewissen. Links von ihr legte der Eröffner 2♥ auf den Tisch. Mirja wollte sich nicht schon wieder den Mund verbrennen und paßte. Der restliche Tisch schloß sich dem an, so daß 2♥ in Nichtgefahr Endkontrakt wurden. Mirja, die nichts von Andis Piks wußte, griff ihr langes Karo an, das am Tisch sofort mit dem einzigen Trumpf abgestochen wurde. Überhaupt kam mit einem 3er Pik, einem Single-Coeur, einem Chicane in Karo und einem 9er Treff ohne Werte eine recht eigenwillige Hand auf den Tisch. Mirja dachte angestrengt darüber nach, was denn das Rekontra für eine Bedeutung gehabt haben mochte. Aber durfte sie jetzt noch im Spiel danach fragen? Die Hand wurde schnell abgespielt. Andi und Mirja freuten sich kurz über vier Faller und 200 Punkte, bevor der Nordspieler diese Anschrift unmittelbar unter eine vierstellige Zahl setzte. 1430. „Das ist zwar erst die zweite Anschrift, aber ich denke, wir haben einen Saaltop, Partner", freute sich einer der Gegenspieler. Mirja bewies erneut Mut und warf ein „Aber Sie sind doch viermal gefallen." „Wir hätten bei dieser Gefahrenlage auch sechsmal kontriert fallen können, aber Sie haben nicht nur das Kontra vergessen, sondern wohl auch übersehen, daß bei Ihnen 6♠ in Gefahr nicht zu schlagen sind." Andi und Mirja sahen sich außerstande, dies zu überprüfen, konnten die Überlegung aber auch nicht vertiefen, da der Nordspieler das Board wegräumte und die zweite Hand schon auf den Tisch knallte „Wir sind spät dran".

Am Nebentisch erging es Biggi und Susi nicht besser. Auch sie wurden nach System und Konventionskarte gefragt. Auf die Antwort „Forum D" rümpfte der Fragende sichtlich die Nase. „Auf Dauer sollten Sie sich ein vernünftiges System zulegen. Hier im Saal sind an 10 Tischen etwa 1.000 Jahre Bridgeerfahrung versammelt, und keiner der Herrschaften spielt Forum D. Neumodischer Blödsinn. Ich empfehle Ihnen Swiss Acol oder meinetwegen auch Precision, aber nicht dieses unglückselige Forum D". Bisher waren Biggi und Susi mit ihrem System recht glücklich gewesen. Sie kannten auch kein anderes und hatten sich über Alternativen noch nie Gedanken gemacht. Hatte man ihnen im eigenen Club etwas so Verkehrtes beigebracht? Ziemlich verunsichert eröffnete Susi in Gefahr 1♠, hatte sich aber in der Anzahl der Pikkarten wie auch in den Punkten verzählt. Somit schickte sie ein 4er Pik mit 9 Punkten auf die Reise. Ihr Gegner zur Linken paßte, und Biggi wollte diese erste Turnierhand gegen ihr unbekannte Gegner auf gar keinen Fall unterreizen. Daher sagte sie mit einem 3er Pik und 11 Punkten das Vollspiel an. Überrascht nahm sie das Kontra ihres linken Gegners zur Kenntnis. Alle paßten, Susi bekam Coeurkönig als Angriff. Sie verlor im 5. Stich die Trumpfkontrolle, wurde vom Kontrierenden, der gemeinerweise ein 6er Pik hatte, ausgetrumpft und fiel fünfmal in Gefahr. Die beiden Nachwuchsspielerinnen waren wie vom Donner gerührt. Das Turnier schien gelaufen. Wie sollte man verlorene 1.400 Punkte wieder ausgleichen? Mit gesenkten Häuptern nahmen sie die zweite Hand auf.

Nach einer mindestens fünfminütigen Reizung quälte sich erneut Susi mit einem 3♥-Kontrakt ab, den sie nach einem ebenfalls mindestens fünfminütigen Abspiel, was weniger an ihr als an dem äußerst getragenen Gegenspiel lag, zu ihrer großen Erleichterung auch erfüllte. Sie notierte sich stolz 140 Punkte und nahm kaum zur Kenntnis, daß die Anschrift über ihr mit 4♥ + 1 für 650 geringfügig besser war. Wahrscheinlich hatte man viel schlechter gegengespielt. Zur Kenntnis nahm Susi aber den Ruf des Turnierleiters „noch eine Minute" und geriet augenblicklich in Panik. Biggi ging es nicht anders. Wohl aber den beiden sie flankierenden Herren, die in aller Gemütsruhe die dritte Hand aufnahmen. Das gesetzte Zeitlimit beeindruckte sie offensichtlich wenig. Sie waren eigentlich immer im Verzug und für ihre Verhältnisse schon flott dabei, wenn sie die letzte Hand vor dem Ruf zum Wechsel aufgenommen hatten. Jetzt hatten sie sogar schon mit der Reizung begonnen. Diese aber zog sich. Einer alertierten Trefferöffnung schlossen sich etwa 10 Folgegebote, die ebenfalls alertiert wurden. Biggi und Susi paßten konsequent. Nach einer hochkomplizierten Reizung, bei der jedes Gebot sorgfältig überdacht sein wollte, landeten die Herren in 6♦. Ungefragt dozierte der Dummy: „Mein Partner hat nur Relaygebote abgegeben und ich habe meine Hand beschrieben. 3 Pik war Cuebid, 4♦ Roman Keycard Backword mit kombinierter Damenfrage und anschließender Frage nach plazierten Seitenkönigen".

Genauso gut hätte der Schlauberger einen chinesischen Schüttelreim rückwärts aufsagen können. Susi aber war im Bilde. Sie hatte KBx in der Trumpffarbe und Pik-As. Todesmutig kontrierte sie, nur um Sekunden später ihr mit einer dramatischen Geste ausgespieltes Pik-As dahinsterben zu sehen. Der Alleinspieler stach und schnitt Susi wenig später sauber beide Trumpffiguren heraus. Während der Saal schon wechselte, notierte sich der Alleinspieler ungerührt für 6♦ +1 in Nichtgefahr 1190 Punkte. „Sie hatten Glück, daß ich in Nichtgefahr war", beendete der sympathische Gegenspieler diese für die Bridgehäschen katastrophale Runde. „In Gefahr hätte der Spaß 1740 Punkte gekostet. So könnte die Anschrift für sie noch Mitte sein. Ha, ha, ha und viel Spaß noch. Es war nett mit Ihnen." „Auf den Arm nehmen können wir uns selber", dachte Biggi.

Währenddessen hatten Mirja und Andi ganz andere Sorgen. Zunächst fanden sie ihren Tisch nicht, dann brachten sie die falschen Boards und in der ersten Hand machte Andi schon im dritten Stich Revoke, was ihr ausgesprochen peinlich war. Mirja verzog keine Miene, was an der schlechten Anschrift auch nichts änderte. Nach dieser Runde war Essenspause. Die vier waren viel zu aufgeregt gewesen, um sich etwas zu bestellen. Jetzt aber schauten sie sehnsüchtig zu, wie sich die anderen Spieler und Spielerinnen Salate, Pasta und andere Köstlichkeiten einverleibten. „Ihr eßt ja gar nichts. Aber nur so bleibt man schlank, was?", versuchte einer der Mitspieler witzig zu sein. „Wir essen nach dem Turnier, wenn wir gewonnen haben", konterte Mirja schlagfertig. Ihr entging nicht das zuerst mühsam unterdrückte und dann prustende Gelächter einiger Spieler. In den nächsten 2 ½

Stunden widerfuhr den vier Goldfischen so ziemlich alles, was einem beim Bridge widerfahren kann: mißglückte Reizungen, verspielte Alleinspiele, vergessene Kontras, semioptimale Ausspiele, Misfits ohne Ende. Das alles ließ sich ja wegstecken. Schlimmer waren für sie die nur zum Teil freundlichen Gegenspieler. Anstatt sich über die leichte Beute zu freuen, meinten einige Paare noch, eins draufsetzen zu müssen. Während sich manche Spieler sichtlich Mühe gaben und wirklich nett zu den Nachwuchsspielerinnen waren, entwickelten andere eine sehr eigenwillige Form von Humor. Dies endete damit, daß der Spieler, den der Präsident zu Turnierbeginn verstärkt im Visier gehabt hatte, den vier Goldfischen beim Verlesen der Ergebnisliste zurief „Was wollt Ihr eigentlich? Es war doch ein prima Turnierstart für Euch. Ihr habt 50%", nur um mit einem maliziösen Lächeln hinzuzufügen „zusammen".

Andi, Biggi, Mirja und Susi, noch gut den Exkurs über Ethik im Ohr, den sie schon im Anfängerkurs durchlebt hatten, antworteten nicht auf diesen überflüssigen Spott. Sie verließen freundlich grüßend das Spiellokal, steuerten die nächste Bar an und orderten erst einmal vier doppelte Martini-Cocktails. Gerührt, nicht geschüttelt. Nach dem zweiten Cocktail waren sie sich einig, daß sie die Schmach nicht auf sich sitzen lassen würden. Nach dem dritten Drink hatten sie sich für den Mittwochabend und eine Sondertrainingseinheit am Freitagabend verabredet. Nach dem vierten Cocktail zückte Biggi ein Kartenspiel aus ihrer Handtasche. Begeistert räumten sie Gläser, Aschenbecher und Erdnüsse vom Tisch, teilten aus und waren Minuten später in einer anderen Welt versunken. In einer Welt, in der es keine Kontras, keine verlorenen Spiele und keine Revokes gab, sondern nur erfüllte Kontrakte, Überstiche und gewonnene Schlemms. Der Weg zur Spitze würde vielleicht noch ein wenig Zeit in Anspruch nehmen, aber ab sofort würden die vier jeden Montag den Club besuchen. Über kurz oder lang würde man als Zwischenergebnis die 50%-Marke erreicht haben. Als Paar, versteht sich, nicht als Team.

Teddy

Teddy war Anfang 40 und Single. Einer von der zufriedenen Sorte. Er war nicht Single aus Mangel an Gelegenheiten, sondern weil er im Laufe seines Lebens eine Bilanzentscheidung getroffen hatte. Und diese Bilanz war eindeutig. Teddy mochte zwar Frauen, und die Frauen mochten ihn. Aber eine Beziehung, mehr noch eine Familie, hätten ihm ein völlig anderes Leben abverlangt als Teddy dies vorschwebte.

Teddy war ein ausgeprägter Individualist. Schon deshalb hätte eine Familie in seinem Leben wenig Platz gehabt. Zu sehr liebte er seine ausgeprägten Hobbys. Eines davon war sein Fußballverein, auf den er nichts kommen ließ. Teddy war stolzer Jahreskarteninhaber. Er versäumte kein Spiel. Selbst bei Auswärtsspielen war er, wann immer es sich einrichten ließ, mit von der Partie. Mit dem grün-weißen Schal, der so herrlich wärmte und in den man unbemerkt manch stille Träne verdrücken konnte. Ach, was hatte es früher für schöne Auswärtsreisen gegeben. Mit Charterflugzeugen, bei denen man nie wußte, ob sie das Ziel erreichen würden. Die Angst vor dem Rückflug konnte man sich dann im fremden Stadion aus der Seele brüllen. Damals, als sein Club noch international spielte und ab und zu sogar gewann. Nun, es war lange her, aber auch ohne diesen Flair des großen Fußballs fand Teddy nach wie vor den Stallgeruch der Bundesliga aufregend. Er war einer von den wirklich Treuen. Selbst wenn sein Club absteigen sollte, würde er klaglos in der kommenden

Saison in einem zugigen Zweitligastadion irgendwo in Meppen, Gütersloh oder Jena stehen und hinterher Currywurst essen, während seine Starkicker Scampis verkosteten. Er würde seine Werder-Stürmer bejubeln, die so wundervoll dribbeln konnten, bis sie dann - völlig freistehend vor dem gegnerischen Tor – unglücklich agierten, wie Teddy es stets vereinsloyal höflich umschrieb, während andere sehr viel deutlichere Formulierungen fanden. Auch über das aktuelle Torwartproblem. Irgendwann, irgendwann würde dies wieder anders werden. Jede Torflaute und jedes Torwartproblem hatten einmal ein Ende.

Was seine Hobbys betraf, war Teddy bekennend egoistisch. Warum jemandem Rechenschaft ablegen müssen? Warum – schlimmer noch – jemanden um Erlaubnis fragen müssen? Ohne Frau und Anhang war Teddy sein eigener Herr und konnte tun und lassen, was er wollte. Wann immer er es wollte. Dies tat er auch. Und genoß es. Zum Beispiel das Frühstück um 14.00 Uhr, wenn ihm danach war auch wochentags, mit zwei Kannen Kaffee und dem Kicker. Dazu ein Korb knuspriger Brötchen, ganz für ihn allein, mit der Wurstplatte nach Art des Hauses. Niemand, der ihm das vierte Brötchen mißgönnt hätte oder ihm gutgemeinte Ratschläge gab. So sollte es bleiben.

Teddy war Elektriker. Selbständig mit einem Kleinbetrieb ohne Angestellte. Auch dies ließ ihm größtmögliche Freiräume. Er war fast ausschließlich im Außendienst tätig. Seine Wohnung war sein Büro. Telefonisch war Teddy für seine Kunden so gut wie immer erreichbar. Er besaß einen Anrufbeantworter mit Anrufumschaltung auf sein Mobiltelefon und wurde, gutmütig wie Teddys nun einmal sind, auch dann nicht böse, wenn ein Kunde ihn abends um 22.00 Uhr oder Sonntag morgens um 7.00 Uhr anrief, nur weil er einen Kurzschluß hatte. Teddy kam sofort. Es sei denn - er spielte Bridge.

Bridge war für ihn mehr als ein Hobby. Bridge war sein Lebensinhalt. Richtiger gesagt war Bridge zu seinem Lebensinhalt geworden. Denn vor etwas mehr als zehn Jahren war Bridge für ihn noch ein Buch mit sieben Siegeln gewesen, von dem er allenfalls einmal in einem englischen Krimi gelesen hatte. Schon damals war Teddy allerdings ein begeisterter und ein sehr guter Kartenspieler gewesen. Skat, Doppelkopf, Black Jack, was immer das Herz begehrte und 32 bis 55 Karten hatte, mit oder ohne Joker.

Dann, eines Tages, war Teddy durch Zufall in eine Bridgerunde geraten. Vier ältere Damen hatten gespielt, als plötzlich das Licht ausfiel. Große Aufregung. Zum Glück hatte eine der Damen Teddys Telefonnummer gehabt. Ein kurzer Anruf und Teddy kam sofort. Der Schaden war in kürzester Zeit behoben. Dankbar boten ihm die Damen einen Likör an, den Teddy, sonst eher Antialkoholiker und ein großer Freund von Coca Cola, aus Höflichkeit auch trank. Währenddessen spielten die Damen ihre Partie weiter. Teddy war stiller Beobachter. Seine Neugier wuchs von Minute zu Minute. Einiges konnte er sich als Kartenexperte schnell zusammenreimen, anderes blieb ihm fremd. Also fragte Teddy, und die Damen, die kein sonderlich scharfes Bridge spielten, sondern eher eine Partie nach dem Motto „ein Coeurchen, zwei Likörchen", gaben ihm bereitwillig Auskunft. Es dauerte keine Stunde, bis Teddy völlig abgetaucht war in die Zauberwelt des Bridge. Eine weitere Stunde später war Teddy mit von der Partie. Eine der Damen mußte vorzeitig aufbrechen. Die anderen trugen sich schon mit dem traurigen Gedanken, ihre Runde heute früher beenden zu müssen, als ihr fragender Blick auf Teddy fiel. Und Teddy zögerte keine Sekunde! Es war nicht nur die ihm eigene Hilfsbereitschaft, sondern vor allem der Vorgeschmack auf eine Sucht, die ihn in den nächsten Jahren - und vermutlich bis an sein Lebensende - begleiten würde. Teddy sprang erfreut ein. In den ersten beiden Händen war er nach einer etwas improvisierten Reizung Dummy, dann bereits Gegenspieler und in der vierten Hand erstmals in der ihm am sinnvollsten erscheinenden Position, der des Alleinspielers. Und wie er spielte.

Es war wie ein Rausch. Teddy kannte nur ansatzweise die Bedeutung der merkwürdigen Pappkarten in der für ihn völlig ungewohnten roten Box. Aber schon nach kürzester Zeit beherrschte er vor allem die roten und die blauen Karten virtuos. Kontra, Rekontra – das kannte Teddy vom Skat. Und es funktionierte noch besser als beim Skat. Wenn er kontrierte, erfüllten die Gegnerinnen ihren Kontrakt nie. Das brachte viele schöne Punkte. Zwar realisierte Teddy schnell, daß die 800 Punkte, die ihm gutgeschrieben worden waren, nachdem eine Gegnerin in 4 Coeur kontriert dreimal gefallen war, leider nach den selbstgestrickten Spielregeln der drei älteren Damen den Gegenwert Null hatten, weil man eben nur um die Ehre spielte. Schade! Beim Skat spielte er immer um einen halben Pfennig mit Kontra, Re, Bock und Ramsch. Da hätten 800 Punkte richtig was gebracht. Aber egal, auch so machte es ihm einen Heidenspaß. Offenbar machte es auch seinen Mitspielerinnen Spaß. Man spielte länger als üblich und jeder abgeschlossene Rubber wurde mit einem weiteren Likörchen belohnt. Der ungewohnte Konsum von Alkohol machte Teddy zu schaffen. So war er trotz aller Spielfreude froh, als die Partie gegen Mitternacht beendet wurde. Teddy, der nebenberuflich Taxi fuhr, ließ sich von einem Kollegen nach Hause bringen. Dort schaffte er es gerade noch bis in das Schlafzimmer. Halb entkleidet fiel er auf sein Bett und schlief sofort geräuschvoll ein. In dieser Nacht träumte Teddy nicht wie sonst von leckeren Mettwurstbroten, der Riesentüte Chips oder von Sportlern mit kurzen, grünen Hosen. Nein, er träumte von einem neuen faszinierenden Kartenspiel. Im Laufe des langen Abends hatte er noch gelernt, was ein Schlemm ist. Bei seinem ersten Schlemmversuch war er einmal gefallen und hatte sich fürchterlich geärgert. Jetzt, in seinem süßen Traum, erfüllte er diesen Schlemm mühelos. Im Schlaf sah er den Gewinnweg. 6 Pik im Kontra in Gefahr. Plus eins. Bingo!

Dies alles hatte sich vor gut zehn Jahren ereignet. Seitdem hatte sich Teddy zu einem begeisterten Bridgespieler entwickelt. Was ihn aber von vielen anderen vergleichbar ambitionierten Spielern unterschied, war seine freundliche Art und seine sportliche Fairneß. Er verkörperte nicht die eher verkrampfte Version des fanatischen Spielers. Teddy war ein Gemütsmensch und blieb dies auch am Bridgetisch. Obwohl ihm das Spiel wichtig, sehr, sehr wichtig war. Nicht nur deshalb war Teddy als Bridgepartner außerordentlich begehrt. Er hatte viel Tagesfreizeit und spielte daher an fast jedem Nachmittag irgendwo in seiner Stadt oder umzu. Die fast zwangsläufige Folge war, daß er überwiegend mit Frauen spielte. Seine positive Ausstrahlung trug dazu bei, daß er, ohne fordernd zu wirken, aus seinen Partnerinnen ein Maximum an Leistung herauskitzelte. Dies führte, kombiniert mit seiner ständig wachsenden Spielstärke und einem vernünftigen Verzicht auf unvernünftige Konventionen, zu herausragenden Ergebnissen. Schnell entwickelte sich Teddy zum lokalen Platzhirschen, der ernsthaft und konzentriert an jede Hand heranging. Die Nonchalance und manchmal übertriebene Lässigkeit der Großmeister ging ihm völlig ab, was sich nur positiv auf seine Ergebnisse auswirkte.

So erfolgreich Teddy aber war, zunehmend auch bei auswärtigen Terminen, das Bridgeestablishement verkannte ihn, schlimmer noch – es übersah ihn. Dies galt vor allem für einige sogenannte starke Paare mit Bundesligaerfahrung aus der nahen Großstadt. Zwar lag ihre Bundesligazeit schon einige Jahre zurück. Dies hinderte sie aber nicht, wenn sie ihn überhaupt zur Kenntnis nahmen, Teddy anzukreiden, daß er immer nur in schwach besetzten Turnieren und in größeren Turnieren ausschließlich in den unteren Gruppen gewinnen würde. Mit einer bemerkenswerten Arroganz übersahen diese Koryphäen, daß sie selbst gelegentlich in diesen vermeintlich leichten Turnieren mitspielten, dies aber keineswegs mit dem konstanten Erfolg von Teddy. Doch natürlich hatten sie stets eine Ausrede parat. Wieder einmal hatten die Underdogs gegen die Starspieler vor lauter Angst unterreizt und waren belohnt worden, weil selbst mit 28 Punkten kein Vollspiel ging. Oder die ungewöhnliche und technisch indiskutable Spielweise der Gegner hatte unter – für diese - glücklichsten Umständen zum Erfolg geführt. Der Bridgegott konnte so ungerecht sein. Das redeten sich die Spitzenspieler nach jedem 45%-Ergebnis ein. Schlimmer noch, sie glaubten auch daran. Hervorragende Spieler konnten ihre Qualitäten eben nur in einem starken Feld ausspielen. Sozusagen unter Ihresgleichen. In einem schwachen Feld würden sie immer ein Spielball der Zufälligkeiten bleiben.

Überraschenderweise hatte Teddy diese Probleme nicht. Er spielte „Beton-Stein-Erde" seinen Striemel herunter. Es mußten schon Weihnachten und Ostern auf einen Tag fallen, wenn er mit einem schlechteren Ergebnis als 60% abschneiden sollte. Häufig genug tauchte eine 7 vorne auf, und der Turniersieger hieß Teddy (samt Partnerin). Tag für Tag, Woche für Woche, als Seriensieger mit einer unverkennbar zunehmenden Tendenz auch in sog. stärkeren Turnieren und obersten Gruppen. Mit der Zeit entwickelte sich Teddy vom Alltagsspieler zum Täglichspieler. Er bekam es tatsächlich geschäftlich in den Griff, an jedem Tag in der Woche nachmittags oder abends und am Wochenende sowieso Freiräume für Bridge zu schaffen. Als Bridge-Globetrotter spielte Teddy auf der Grundlage von Zweit-, Dritt- und Viertmitgliedschaften mal hier und mal da. Überall war er gern gesehen. Selbst auf Bezirksturnieren ließ man ihn in verschiedenen Bezirken antreten, weil er so nett war. Überall, auch in den Hochburgen der sog. Spitzenspieler, setzte Teddy sich durch. Unverändert mit Partnerinnen. Unter Zurücklassung so manch eines vernichtend geschlagenen „Spitzenherrenpaares". Im Paarturnier dominierte er dabei noch deutlicher als im Teamturnier.

Doch mit der Zeit erwuchs ihm ein neuer, sehr ernst zu nehmender Gegner außerhalb des Bridgetisches. Sein kleines, schwarzes Notizbuch. Teddy war nämlich ein großer Freund der Statistik. Ebenso akribisch wie er über Jahre alle Fehlpässe seiner Lieblingsmannschaft aufgezeichnet hatte, verglich er nach jedem Turnier akkurat die Frequenzen und archivierte jedes Ergebnis mit größter Sorgfalt. Turnierverläufe und besondere Highlights hatte er ohnehin jederzeit abrufbar in seinem Gehirn abgespeichert. Man durfte ihn nachts um 3.00 Uhr wecken. Teddy konnte ad hoc eine besonders lustige erlebte Hand zum Besten geben. Was er aber wirklich liebte, war sein kleines, schwarzes Notizbuch. Hier trug Teddy säuberlichst jeden gewonnenen Clubpunkt ein und rechnete hoch, welchen Clubpunktschnitt er wöchentlich erzielen müßte, um seinen bisherigen Schnitt zumindest zu erreichen. Dies setzte ihn natürlich, je besser seine Ergebnisse wurden, zunehmend unter Druck. Druck, dem er jedoch standhalten konnte. So schaffte es Teddy, klammheimlich in wenigen Jahren über 600 Clubpunkte einzusammeln. Er hatte in Rekordzeit die Schallmauer zum Lifemaster durchbrochen und bewegte sich clubpunktmäßig damit in Gefilden, die dem gewöhnlichen Bridgespieler auf immer verwehrt bleiben. Aber selbst jetzt nahm die selbsternannte Bridgeprominenz von ihm nur beiläufig Notiz. War dies schon in seinem Einzugsbereich so, so galt dies im verstärkten Maße für die bundesweite Hautevolee. Dort hatte man schon immer Spieler aus dem nördlichen Teil der Republik milde belächelt. Man selbst spielte ja auch in einer völlig anderen Liga. Nirgendwo anders als im Bridge gab es ein so deutliches Süd-Nord-Gefälle. So sah es jedenfalls die Bridge-Schickeria aus dem anderen Teil der Republik.

Was sollte schon die Deutsche Mixedmeisterschaft an dieser für die Ewigkeit zementierten Hackordnung ändern? Teddy trat wie in jedem Jahr mit seiner festen Partnerin an. Schon in den Vorjahren hatte es zu gehobenen Plätzen gereicht. Sie hatten Jahr für Jahr besser abgeschnitten. Trotzdem hatte sie niemand auf der Rechnung. Selbst Teddy wollte eigentlich nur Spaß haben und sein durch das kleine schwarze Notizbuch vorgegebenes Mindestkontingent an Clubpunkten einfahren. Alles andere würde Zugabe sein. Aber es gibt Tage, da nehmen die Zugaben kein Ende.

Nach dem ersten Durchgang dieser Meisterschaft standen Teddy und seine Partnerin in Lauerstellung auf Platz 6 mit knapp 60%. Auf den ersten fünf Plätzen rangierten hochdekorierte Nationalspielerinnen und –spieler. Die Frage war nur, wer von ihnen das Rennen machen würde. Diese Fragestellung änderte sich allenfalls geringfügig, als sich nach dem zweiten Durchgang zwei der Favoritenpaare verabschiedet hatten. Dafür waren Teddy und Partnerin von Platz 6 auf Platz 4 vorgerückt. Nach zwei gespielten Boards im 3. Durchgang fragte ein vielfacher deutscher Meister seine Partnerin verwundert, wer denn der kräftige, junge Mann sei, der ihn gerade in beiden Händen über den Löffel barbiert hätte. „Den habe ich noch nie gesehen" entgegnete seine noch leicht geschockte Partnerin. Teddys Lauf hielt an, und mit

mit einem 63%er-Durchgang erklommen seine Partnerin und er vor dem Schlußdurchgang den 2. Platz, was immer noch niemanden aus dem Favoritenkreis so richtig beunruhigte. Im Showdown des letzten Durchgangs würden schon die Verhältnisse zurechtgerückt werden.

So war es auch. Teddy bekam relativ viele Alleinspiele, die er sauber abspielte. Seine Kontras saßen, und auch seine Partnerin hielt munter mit. In der letzten Runde des letzten Durchganges trafen die beiden auf das nach dem dritten Durchgang noch mit einem komfortablen Vorsprung führende Paar, die Mixedmeister der letzten beiden Jahre.

Siegesgewiß leitete der Gegner zur Rechten im ersten Board eine hochkünstliche Relaysequenz ein, die in einem 6 Karo-Kontrakt mündete. Der Titelverteidiger war Alleinspieler. Mehr intuitiv als durch die Reizung indiziert griff Teddy etwas riskant unter dem Coeur-As an. Coeur war die einzige Problemfarbe des Alleinspielers. Er hatte am Tisch KB sec und in der Hand ein kleines Double. Der Alleinspieler, der ohne Coeur-Angriff die Chance gehabt hätte, wahlweise die Coeurverlierer am Tisch über Treff oder die Coeur-Verlierer in der Hand über Pik abzuwerfen, war zu einer sofortigen Entscheidung gezwungen. Er entschied sich dafür, Teddy die Coeur-Dame zu geben und schnitt mit dem Buben, nur um die Coeur-Dame rechts zu finden, Coeur zurück und der Faller war da. Teddy, der stets auf dem persönlichen Score penibel notierte, wie ein Ergebnis einzuschätzen war, notierte sich schmunzelnd eine 9,5, was einer Höchststrafe für die

Gegner nahekam. Eine 10,0 wäre auch gerechtfertigt gewesen.

Das Wort Höchststrafe muß ein relativer Begriff sein. Denn im Vergleich zu dem, was der vielfachen deutschen Meisterin und Europameisterin zur Linken von Teddy im letzten Board des Turnieres widerfuhr, war die erste, wahrlich nicht gute Anschrift noch harmlos gewesen. Jetzt aber kam es wirklich knüppeldick. Die Gegenspieler reizten erneut eine starke Hand und waren auf Schlemmkurs. Auf ein 4 Karo-Cuebid kontrierte Teddy mit der soliden Haltung von DB109, was er drei Bietrunden später bereute, als die Gegnerin zur Linken letztlich in 7 Coeur landete. Auf einmal war Teddy gar nicht mehr scharf auf Karo-Angriff. Denn er entdeckte in seinem Blatt ein Chicane in Treff. Und die Alleinspielerin hatte die Reizung mit einem starken 1 Treff-Gebot eröffnet. Was tun? Teddy ging in die Bücher und kontrierte dann als letzter Mann den 7 Coeur-Endkontrakt. Sowohl die Alleinspielerin als auch ihr Partner zögerten. Niemand wird je erfahren, ob sie über ein Rekontra oder ein anderes Gebot nachdachten. Schließlich paßten sie ebenso wie auch Teddys Partnerin, die jetzt den schweren Angriff hatte. Teddy versuchte sich in Telepathie. „Bitte, liebe Partnerin, erinnere Dich an diesen wunderschönen Frühlingsmorgen vor gut 2 ½ Jahren, als wir bei einem leckeren Frühstück ganz systematisch unsere Ausspielkontras durchgegangen sind. Wir haben damals eine Festlegung getroffen, an die Du Dich jetzt bitte, bitte erinnern solltest. Sie lautet, daß ein zweites Kontra ein erstes Ausspielkontra aufhebt. Du sollst also nicht mehr Karo angreifen. Da Trumpf und auch Pik nach der Reizung ausscheiden, muß es Treff sein. Wir spielen ja sonst das Lightner Kontra und haben dies im Zweifel festgelegt auf die erste Farbe des Dummys. Das wäre Pik. Jetzt muß es aber unbedingt die erste Farbe des Alleinspielers sein, also Treff. Treff, Treff und nichts anderes. Nicht Karo, nicht Pik und auch nicht Trumpf. Bitte sei so erleuchtet wie noch nie in Deinem Leben. Gib mir ein Treff!"

Nach einigen sorgenvollen Augenblicken weiterer Bedenkzeit, die Teddy endlos vorkamen, legte seine Partnerin die wundervolle Treff 8 auf den Tisch. Nichts Böses ahnend orderte die Alleinspielerin ein kleines Treff am Tisch. Sie hatte in der Hand die große, am Tisch die kleine Treffgabel, in verbundenen Händen einen 3:3-Fit in dieser Farbe. Niemand ahnte, daß Teddys Partnerin ihr völlig leeres 7er-Treff nicht gereizt hatte, nicht einmal über ein Kontra nach der 1 Treff-Eröffnung. Die Alleinspielerin war daher wie vom Donner gerührt, als Teddy seine Single 2 in Coeur fast unauffällig in einen Schnapper verwandelte. Nur Sekundenbruchteile später flogen von links und rechts Karten in Richtung Gesichtshöhe des jeweiligen Gegenübers.

„Konntest Du nicht 7 SA ansagen? Es war doch klar, was passiert. 7 SA ist „stone cold".
„Warum ich? Du hast doch die große Treffgabel."
„Weil Du letzter Mann warst und die Entscheidung über ein Kontra treffen mußtest."
„Aber Du hast das As, nicht ich."

Fast überschlugen sich die Stimmen. Niemand bekam mit, wie das Board überhaupt zu Ende gespielt wurde. Teddy nahm sich die Freiheit, zugunsten der Gegner zu claimen und auf weitere eigene Stiche zu verzichten. Er hatte positiv geschrieben, das mußte in diesem Board der Saaltop sein. Dennoch notierte Teddy erneut „nur" 9,5 Punkte.

Eine halbe Stunde später hatten sie Gewißheit. Teddy und seine Partnerin waren mit 0,2% Vorsprung zum ersten Mal Deutsche Mixedmeister geworden. Ein Bridgemärchen war Wirklichkeit geworden.

Bridgewahl? Bridgequal!

Du spielst leidenschaftlich Bridge. Und weißt, daß Du es in letzter Zeit etwas übertrieben hast. Die private Runde am Freitagabend, das auswärtige Turnier am Wochenende und das Clubturnier am Montagabend. Deine Freundin ist bedrohlich ruhig geworden, die Kinder siezen Dich wieder und Dein Hund erkennt Dich nicht mehr. Du hast daher schweren Herzens am Dienstag- und Mittwochabend auf Bridge verzichtet. Der wirkliche Grund war vielleicht, daß Du wichtige andere Termine hattest. Heute nun ist Donnerstag, und es steht das monatliche Team in Deinem Zweitclub an. Natürlich wäre es gesünder, sich wieder einmal zu bewegen und eine Runde Golf oder Tennis zu spielen. Du entscheidest Dich aber für Bridge. Schließlich kannst Du Dein Team nicht im Stich lassen. Es macht nichts, daß dieses Team nur mühsam zustande kommt. Die Stammbesetzung ist bis auf Deine Person aus unterschiedlichen Gründen verhindert. Aber Du suchst solange, bis Du vier Leute zusammen getrommelt hast. Und zumindest ist Dir Dein Partner nicht völlig fremd. Was sich im Laufe des Abends ändern soll.

Du kommst nach einem lebhaften Tag abgekämpft aus der Kanzlei, sitzt aber pünktlich um 19.00 Uhr am Bridgetisch. Und von der ersten Karte an weißt Du, dies ist nicht Dein Abend. Es ist mindestens ebenso wenig der Abend Deines Partners, der Zahnschmerzen hat und dessen Konzentrationsfähigkeit sichtbar leidet. Deine Komplementäre mühen sich redlich, haben aber auch wenig Glück.

Es läuft von Anfang an nicht rund. Die Brücke zum Partner ist ungewohnt störanfällig. Dafür sind die Aktionen der Gegner traumwandlerisch sicher. Gehen sie mit 20 Punkten ins Vollspiel, erfüllen sie mit Überstich. Bremsen sie mit 28 Punkten ab, geht auch wirklich nur ein Teilkontrakt. Dein Partner und Du treffen diametrale Entscheidungen. Was sich im Ergebnis ausdrückt. Eure Aktionen sind nicht wirklich abwegig. Aber sie sind von keinerlei Erfolg gekrönt.

Hinzu kommt, daß das Drumherum nicht stimmt. An einigen Tischen wird überlangsam gespielt. Die Abrechnung nimmt bei den in Teamkämpfen weniger erfahrenen Gegnern fast mehr Zeit in Anspruch als das Abspiel der Hände selbst. Es ist auch lauter als sonst. Hektisch irgendwie, jedenfalls nicht das Umfeld, in dem Du sonst gerade im Team die Ruhe findest, um Eure Partnerschaft durch einige richtige Entscheidungen auf Kurs zu bringen. The system doesn't work. Bezeichnend ist, daß kaum Systemhände vorkommen. Du selbst hast durchschnittlich 3,7 Punkte, und der Erfolg der Alleinspiele Deines Partners ist adäquat der Effizienz seiner Angriffe. Nach jeder Anschrift nimmt die Sicherheit Eurer Gegner zu. Selbst Teamexoten, die ihr sonst locker im Griff habt, wachsen über sich hinaus und zeigen Euch, wo es längs geht. Zur Halbzeit seit ihr weit abgeschlagen. Aber Du ahnst, das war noch nicht alles. Kann es wirklich noch schlimmer kommen? Es kann!

Die Lockerheit und Fröhlichkeit, die so viele Bridgeabende auszeichnet, ist verflogen. Eigentlich war sie heute nie da. Die Stimmung ist gereizt. Haben wir Föhn? Eine Bridgespielerin, die Du ohnehin nicht wirklich liebst, nervt schon die ganze Zeit an den Nebentischen. Und dann treibt sie es auf die Spitze. Sie schimpft und schimpft und ruft schließlich die Turnierleitung. Zur allgemeinen Verblüffung nicht gegen die Gegner, sondern gegen die eigene Partnerin, die pausenlos „unmöglich" vor sich hingemurmelt haben soll. Ein dreifach Hoch der blendenden Beurteilung dieser Partnerin! Die Turnierleiterin sieht sich außerstande, eine Entscheidung zu treffen. Allgemeines Kopfgeschüttel. Die aufgeregte Dame wird erst etwas ruhiger, als ihr die irritierten Gegner drei Topanschriften in Folge schenken. Ein Schelm, der Böses dabei denkt.

Warum bloß hast du Dich heute abend für Bridge entschieden? Ein stinknormaler Fernsehabend hätte deutlich mehr Charme gehabt. Natürlich hättest Du auch Deine Freundin endlich wieder einmal ausführen können, und wenn es nur das Kino gewesen wäre. Aber nein, Du mußtest ja trotz bösester Vorahnungen Bridge spielen. Darum jammere jetzt nicht. Trag es wie ein Mann, daß Du – im Team in diesem Club das erste Mal, soweit Du Dich zurückerinnern kannst – Letzter geworden bist.

Das wirklich Schlimme ist, daß Du aus diesem Abend keine Lehren ziehen wirst. Schon morgen können Dich Deine Freunde wieder anrufen. Und Du wirst, obgleich Du eigentlich anders disponiert hattest, kurzfristig gern für einen Zoppel verfügbar sein. Und es wird Dir trotzdem Spaß machen, auch wenn Du € 50,00 verlierst. Aber es wird Dich in Hochstimmung versetzen, wenn Du gewinnst. Wie jedesmal. Auch wenn es nur € 5,00 sind. Du hast wie immer die Qual der Wahl. Aber hast Du sie wirklich noch? Ist die Wahl, die Du triffst, nicht längst vorbestimmt? Ab wann gilt man eigentlich als süchtig? Oder zumindest als masochistisch? Da sollte ich mal einen Psychologen fragen. Mein fester Partner ist ja einer. Zum Glück sehe ich ihn spätestens am Montagabend. Beim Bridge.

Doch wieder Bridge?

Krysztof war noch immer der unumstrittene Star im Club. Noch immer lebte er in der kleinen Provinzstadt im Nordwesten der Republik. Und noch immer wußte niemand so recht, wo er herkam und womit er seinen Lebensunterhalt bestritt.

Bridge war unverändert sein Lebensinhalt. Vielleicht gibt das Wort Lebenselexier die Bedeutung besser wieder, die Bridge für Krysztof hatte. Nachdem er kurz nach dem verunglückten Weihnachtsturnier vor zwei Jahren schon mit dem Gedanken gespielt hatte, seine Bridgekarriere endgültig an den Nagel zu hängen, war er unmittelbar danach wieder in die Szene eingestiegen. Er hatte sogar wieder ein Clubturnier mit der netten alten Dame gespielt, die ihn die Weihnachtsmeisterschaft gekostet hatte. Und sie hatten gewonnen. Vor kurzem hatte es für Krysztof im Club ein Highlight der besonderen Art gegeben. Zur allgemeinen Überraschung hatte sich nämlich nach einem Anfängerkurs ein Rubbertisch gebildet, an dem vier hübsche junge Frauen ihre ersten Flugversuche machten. Fraglos gab es keinen geeigneteren Fluglehrer als Krysztof, der jede noch so kurze Pause seines eigenen Turnieres nutzte, um an den Rubbertisch zu eilen und gute Ratschläge zu geben. Er selbst war der einzige, der überhaupt nicht realisierte, wie heillos verwirrt die jungen Damen nach seinen Crashkursen in Sachen Reizung und Alleinspiel waren. Was nicht nur an seinem einzigartigen Charme lag, denn die Damen hatten Forum D gelernt, Krysztof jedoch spielte

KSM – „Krysztof spezial modifiziert" -. Und ein zu Höherem berufener Fluglehrer wie er legte den Steuerknüppel immer auf Vollgas.

Seit kurzem hatte Krysztof sich allerdings andere Bridgeopfer auserkoren. Der eigene Club war nicht unbedingt böse darüber, daß sein polnischer Starspieler – eine zeitlang fast ein Muß für jeden sportlich ambitionierten Verein – nur noch selten zu Gast war. Zuviel Unruhe hatte er unter den Mitgliedern verbreitet. Einige hatten schon mit ihrem Austritt gedroht, falls das ewige Kasperltheater mit Krysztof am Tisch nicht bald ein Ende hätte. Daher waren viele froh, daß Krysztof jetzt sein Unwesen in dem neu eröffneten „Club V.I.P.P." trieb. Dieser Club hatte sich, dem Vorbild einiger Großstädte folgend, seit einiger Zeit in der Provinzstadt etabliert. „V.I.P.P." bedeutete zu Krysztof Bedauern nicht „Very Important Polnish People", sondern „Very Important Persons Privately". Im Club war alles vom Feinsten: schwere Ledersessel und dunkle, ebenso teure wie exotische Hölzer. Exklusivität pur im Stil alter englischer Clubs. Selbstverständlich war die Mitgliedschaft handverlesen. Niemand war daher überraschter als Krysztof, daß seinem Aufnahmeantrag entsprochen wurde, obwohl oder vielleicht auch weil er als Beruf „Künstler" angegeben hatte. Der war er in der Tat. Nicht auf den Brettern, die die Welt bedeuten, oder auf einem Instrument, sondern am Kartentisch mit flinken Fingern, die jeder ausgeteilten Karte entgegenschnellten, um mit fiebrig glänzenden Augen und fahrigen Handbewegungen möglichst rasch eine Blatteinschätzung vornehmen zu können. Ein Tag ohne Karten führte zu schweren Entzugserscheinungen. Krysztof hätte sich nie seine Spielsucht eingestanden. Was durchaus typisch für einen Spielsüchtigen ist.

Der Club bot seinen Mitgliedern einiges: neben einer kompletten Übersicht aller relevanten deutsch- und englischsprachigen Zeitungen – was relevant war, entschied die Clubführung – gab es edle Malt Whiskys und sehr alte Cognacs. Dazu Zigarren, die angeblich auf der Insel Kuba zwischen schwitzigen Frauenschenkeln handgerollt waren, was ein unvergleichliches Aroma geben sollte. Und last not least war da das Hinterzimmer mit dem ausdrücklichen Hinweis „Members only". In dieser secret lounge wurde gelegentlich und sehr verschwiegen Poker und Black Jack gespielt. Beides für Krysztof durchaus nicht uninteressant. Wirklich interessant war aber das Spiel, das jeden Montag-, Mittwoch- und Freitagabend ab 19.00 Uhr angeboten wurde: **Rubber-Bridge.** Nicht um schwächelnde Euro, sondern um solide britische Pfund Sterling. Pro Punkt ein Pfund, was rechnerisch schwer nachprüfbar nicht mehr oder nicht weniger bedeutete, als daß zwei gewonnene Großschlemms in Gefahr den Gegenwert einer mehrwöchigen Kreuzfahrt hatten. Die Rahmenbedingungen stimmten also. Passend auch, daß die meisten Mitspieler, britisch erzogene Clubmitglieder von edlem Geblüt, zwar Bridge schon in jüngster Jugend gelernt, es aber nie annähernd zu der Perfektion gebracht hatten, die Krysztof auszeichnete. Einige dieser Clubspieler, die dennoch geradezu enthusiastisch Bridge spielten, waren vielmehr von jeder auch nur ansatzweisen Perfektion Lichtjahre entfernt. Dafür hatten sie Geld. Sehr viel Geld. Einer von ihnen, der mit dem Import asiatischer Produkte ein Millionenvermögen gemacht hatte, hatte fast zwei Jahre gebraucht, um seinen ersten und einzigen Masterpunkt zu erkämpfen, der wiederum es ihm ermöglichte, in einem exklusiven Bridge-Club in Hongkong zu spielen, worin er sein Lebensziel sah. Dies waren die richtigen Gegner. Noch nie in seinem Leben hatte Krysztof die Chance gehabt, so leicht und so stilvoll soviel Geld zu verdienen. Von Leuten, denen der Verlust nicht weh tat, was mit Krysztofs sozialistischer Grundeinstellung gut zu vereinbaren war. Eine Art gerechte, ja überfällige Umverteilung. Von Robin Hood unterschied ihn eigentlich nur, daß er nicht ernsthaft beabsichtigte, das gewonnene Geld an die Ärmsten der Armen weiterzugeben. So selbstlos war man nur im Sherwood Forest. Und das auch nur vor vielen, vielen Jahren.

Rubberbridge um viel Geld mit willfährigen, allzeit bereiten Opfern, die es zu melken galt. Diese historische Chance mußte am Schopf gepackt werden. Folglich war Krysztof an jedem Montag-, Mittwoch- und Freitagabend Stammgast im Club und öfter auch an den anderen Tagen, um Verabredungen für die Spielabende zu treffen. Das Startkapital hatte er sich zusammengepumpt, denn die unerbittlichen Clubregeln verlangten, daß jeder Rubberspieler eine Einlage von 5.000 Pfund tätigen mußte. Krysztof sah dies als sinnvolle Investition mit hoher Renditeerwartung.

An diesem Freitagabend hatte sich eine illustre Runde zusammengefunden. Auf Ost, Süd und West drei finanzkräftige Berühmtheiten der Stadt, führende Köpfe der mittelständischen Industrie, erfolgreiche Unternehmer allesamt. Auf Nord war allein die Spielkunst illuster. Hier saß Krysztof. Er saß immer auf Nord. Wer ihm im Rubber auf Süd gelost wurde, erwarb für diese Runde die Lizenz zum Gelddrucken. Was die drei Wirtschaftsmagnaten durchaus interessierte, obwohl sie mehr Geld als genug hatten und die am Tisch riskierten Einsätze für sie nicht mehr als Spielgeld waren. Für Krysztof aber war es pures, funkelndes, in Kürze ihm allein gehörendes Gold. Eine gerechte Entlohnung seiner genialen Kartenkunst.

Der Südspieler, nennen wir ihn „Rockevöller", eröffnete die erste Partie mit einem vorbereitenden 1 Treff-Gebot. Der Westspieler, er soll „Mister Euro" genannt werden, kontrierte. Vermutlich versprach dies die Oberfarben. Krysztof erblickte in seinem Blatt eine fast stehende 6er Länge in Karo und einen respektablen Anschluß in Treff, während seine Oberfarbwerte eher als bescheiden zu bezeichnen waren. Dies hielt ihn nicht davon ab, die Reizung mit 3 SA (was sonst) abzuschließen. Der freundliche ältere Herr auf Ost – es handelte sich um den Gewürz-Importeur, nennen wir ihn „China-Blue" – paßte ergriffen. Da auch Krysztofs Partner und der Herr zu seiner Rechten nichts hinzufügen konnten, hatte China-Blue das Ausspiel. Er analysierte kurz die Reizung. Der Alleinspieler hatte mit 3 SA sicher einen Doppelstop in beiden Oberfarben gereizt. Außerdem hatte sein Partner nicht nochmals kontriert, was allein zu einem Oberfarbangriff gezwungen hätte. Auch auf Treff-Angriff wartete der Alleinspieler vermutlich, so daß Karo, die nicht gereizte Unterfarbe, der Ausweg für Helden schien. Und überhaupt – versprach das Kontra des Partners nicht eine gewisse Bereitschaft auch für diese Farbe? Also Karoangriff von der Viererlänge. Nach diesem Angriff hatte Krysztof keine Probleme, mit atemberaubender Geschwindigkeit 10 Stiche in Unterfarbe einzufahren. Nun ja, ein Pik-Angriff wäre durch die Gabel von KB sec des Eröffners gegangen, und in Coeur hatte keiner der beiden Herren links und rechts einen wirklichen Stop gehabt. Beide Ausspiele hätten den Kontrakt geschlagen. Aber man kann nicht immer das richtige Ausspiel finden. China-Blue war nicht ernsthaft besorgt, die Gegner waren nicht in Gefahr gewesen. Es hätte viel schlimmer kommen können. 430 Pfund Sterling sollten den beiden gegönnt sein. Peanuts.

China-Blue störte es auch nicht, daß Krysztof mit 4 Pik in Gefahr, die bei bestem Gegenspiel einmal gefallen wären, den ersten Rubber gleich zumachte. Man spielte Doppelrubber und der Abend war noch lang. Tatsächlich schlug die Gunst der Stunde auch sogleich um. Jedenfalls aus Sicht von China-Blue. Krysztofs Gegner erfüllten 2 Karo mit Überstich, wobei unerörtert blieb, ob 3 SA gegangen wären, wofür einiges sprach. Doch dann kam die Hand, die diesem Abend eine unerwartete Wendung geben sollte. China-Blue eröffnete bei Gefahr alle auf Ost mit 3 Coeur. Tatsächlich wäre mit dieser Hand eine 4 Coeur-Eröffnung noch unterreizt und Semiforcing durchaus diskutabel gewesen. Krysztof kontrierte und sah sein Kontra ohne konkrete Absprache mit dem Partner als klassisches Informationskontra. Da sich Mister Euro ebenfalls über die Bedeutung des Kontras im Unklaren war, verzichtete er auf West darauf, in 4 Coeur zu heben, obwohl seine Hand selbst bei einer echten Sperransage des Partners das Vollspiel hergegeben hätte. Rockevöller auf Süd war etwas überrascht über das Strafkontra von Krysztof, weil er selbst immerhin drei kleine Coeurkarten hielt, sah aber keinerlei Veranlassung, die Entscheidung seines Partners in Zweifel zu ziehen. Er paßte und Krysztof hatte das Ausspiel. Er war Coeur-Chicane. Sein Partner würde das Informationskontra daher mit eigenen guten Coeurs strafgepaßt haben. Klarer Fall. Krysztof griff also vorschriftsgemäß seine längste Farbe an, die sofort in der Hand abgestochen wurde. Die Trümpfe waren schnell geklärt. China-Blue, eigentlich nicht der Alleinspieler vor dem Herren, hatte keine Schwierigkeiten, zwölf Stiche einzufahren. 3 Coeur Kontra + 3 bei diesem Angriff, +2 bei jedem anderen Angriff. Knapp am Schlemm vorbei. Selbst in Nichtgefahr eine schöne Anschrift von 830 Punkten, was gleichzusetzen war mit 830 Pfund Sterling.

Ein Ergebnis, das China-Blue begeisterte, Krysztof aber erboste. Er befragte Mister Euro temperamentvoll, ob es in der Partnerschaft üblich sei, eine Sperransage mit derart massiven Werten abzugeben. Mister Euro zuckte nur mit den Schultern, was Krysztof wütend machte. Schnell wurde aus der Diskussion ein wirkliches Streitgespräch, an dem sich drei Spieler beteiligten. Rockevöller hielt sich noch zurück. Die im Raum verteilten Butler blickten indigniert. So etwas hatten sie in diesem vornehmen Club noch nicht erlebt. Als Krysztof, der große Probleme hatte, sein Temperament zu zügeln, die Worte „Betrüger" und „Ausländerfeindlichkeit" fallen ließ, sprang China-Blue wie von der Tarantel gestochen auf und bat Krysztof, sich auf der Stelle zu entschuldigen. Das Wort „bitten" ist deutlich untertrieben. China-Blue forderte ultimativ eine Entschuldigung. Die Art und Weise, wie er sie forderte, erinnerte an die Art und Weise, wie Männer im vorletzten Jahrhundert derartige Dinge zu regeln pflegten. China-Blue verlangte Satisfaktion. Krysztof hatte die Wahl der Waffen. Und er griff den Fehdehandschuh, Hitzkopf der er war, auf und lehnte die Entschuldigung ausdrücklich ab, verstärkte dafür aber seine Vorwürfe gegen China-Blue und seinen Partner noch. Jetzt reichte es auch Mister Euro. Ohne seinen im anderen Salon nichtsahnend gelangweilt in einem Magazin blätternd wartenden Leibwächter zu informieren, holte er aus und setzte Krysztof eine krachende Rechte an den Kinnwinkel. Dies hatte er zuletzt vor mehr als 50 Jahren im Internat getan. Dort hatte die edle Kunst der Selbstverteidigung zum Pflichtprogramm gehört. Er war ein wenig aus der Übung, aber verlernt hatte er nichts. Seine rechte Hand schmerzte, doch Mister Euro war unglaublich stolz auf sich. Krysztof taumelte, konnte sich aber mühsam am Billardtisch festhalten, der ihm sofort die Chance zu einem kreativen Konter eröffnete. Sekunden später flogen schwere Billardkugeln durch die Gegend. Seine Spielpartner wie auch die aufgescheucht umherlaufenden Butler duckten sich, so gut es ging, konnten aber den einen oder anderen Volltreffer nicht vermeiden. Durch den Lärm aufgeschreckt, stürmte jetzt der Bodyguard von Mister Euro in das Spielzimmer. Im Nu war eine wüste Schlägerei im Gange. Auch Rockevöller gab seine Zurückhaltung auf, nahm aber einen Frontenwechsel vor, indem er sich mit seinen Bridgegegnern verbündete. Alle gegen Krysztof. Es war verblüffend, mit welcher Hingabe die seriösen Herren, denen man auf den ersten Blick keinerlei sportliche Fitneß mehr zugetraut hätte, bei der Sache waren. Eine richtig schöne Kneipenschlägerei. Nur war die Kneipe ein Salon und die ein Salon und die vornehm gekleideten Herren – selbst der Bodyguard trug Anzug und Krawatte – prügelten sich zwischen edlen Vitrinen aus Rosenholz und exklusiven Ledertapeten. Mehrere Billardstöcke aus echtem Elfenbein und einige Beistelltische aus Mahagoni gingen zu Bruch. Gläser splitterten. Der Versicherungsschaden belief sich schnell auf einen fünfstelligen Euro-Bereich. Dies war Grund genug, die Polizei zu rufen, die dem Treiben ein jähes Ende bereitete. Sie hatte allerdings alle Hände voll zu tun, die schwitzenden, keuchenden, aus einigen Platzwunden blutenden Kampfhähne auseinanderzuziehen. Dafür hatte sie kein Problem, den Schuldigen auszumachen. Es kam wie es kommen mußte. Krysztof, der geborene Täter, wurde abgeführt, während sich die Clubleitung in aller Form bei den anderen drei Herren entschuldigte und einen Gratisdrink anbot. Einen Macallan, Jahrgang 1950. Kenner wissen, was dies für ein Malt ist.

Noch in der Untersuchungshaft, die wegen Wiederholungsgefahr verlängert wurde, stellte der Club ihm die fristlose Kündigung der Mitgliedschaft zu, verbunden mit einem Hausverbot. Beigefügt war die Schlußrechnung für das zerstörte Inventar. Krysztof würde einige Schlemms gewinnen müssen, um diese Kosten ausgleichen zu können. Im Prinzip kein Problem, aber man hatte ihm gleichzeitig Spielzeug und Erwerbsquelle genommen. Wo sonst gab es in der Provinzstadt noch vergleichbar betuchte, allenfalls mittelmäßige, aber trotzdem bedingungslos spielbereite Bridgespieler? Krysztof mußte diese Frage für sich beantworten, denn eines kam für ihn nicht mehr in Betracht – nie wieder Bridge. Er würde weiter spielen, jetzt erst recht, und er würde es allen beweisen, daß die Münze auf die richtige Seite fällt, wenn man sie nur oft genug wirft. Aber man sollte bitte nie mehr seine Kreise stören. Irgendwann würde er, Krysztof, am längeren Hebel sitzen. Irgendwann.

Himmlisches Finale

Paul hatte nach einem letzten erfolgreichen irdischen Bridge-Turnier das Zeitliche gesegnet. Sein letzter Vorhang war gefallen. Absolut friedlich und mit einem Lächeln war der Altmeister sanft entschlafen.

Doch wer glaubt, er wäre zur ewigen Ruhe gekommen, der irrt. Nach einer kurzen, aber turbulenten Reise durch ein gleißendes Licht kam Paul am Himmelstor an. Er klopfte zaghaft und schon wurde das Tor geöffnet. Der Torwächter musterte ihn etwas verärgert, bevor er Paul mit den Worten im Himmel willkommen hieß: „Du hast ja lange auf Dich warten lassen. Und jetzt kommst Du auch noch fast zu spät zu unserer abendlichen Bridgerunde. Aber Du hast Glück, Deine Partnerin und Du, Ihr habt in der ersten Runde Sitzrunde. Ein bridgespielendes Ehepaar, das heute morgen auf der Erde von einer Brücke springen wollte, hat es sich kurzfristig anders überlegt. Ihr könnt also noch in das Turnier einsteigen."

Paul war tief verwundert und mindestens ebenso tief beglückt. So hatte er sich den Himmel immer vorgestellt. Jeden Abend ein Bridgeturnier. Die ewige Bridgereise zum Nulltarif. Dafür würde er es auch in Kauf nehmen, tagsüber auf der Harfe frohlocken zu müssen.

Der Torwächter führte Paul in einen großen Saal. Es wurde an über 1000 Tischen Bridge gespielt! Dies übertraf das wirkliche Leben. Paul fühlte sich augenblicklich wie zuhause. Hierzu trug bei, daß er sofort alte Bekannte wiedertraf. Seinen Freund Kurt, dessen Herz vor etwa fünf Jahren nicht mehr mitgemacht hatte, und gleich am Nebentisch seinen langjährigen Weggefährten Walter, den vor Jahresfrist mitten in einem Großschlemm der Schlag getroffen hatte. Was war das damals für eine Aufregung gewesen! Fast hätte man das Turnier abbrechen müssen. Aber ein Kiebitz war freundlicherweise eingesprungen. Walter war ja ohnehin nicht mehr zu helfen gewesen. The show must go on. Nirgends gilt dies so sehr wie beim Bridge. Ihr Ausspiel – Danke, klein!

Paul schwelgte in Erinnerungen, als er ganz links außen am Tisch 1 von zahllosen Kiebitzen umlagert plötzlich Charles Goren entdeckte. Und wenige Tische weiter Ely Culbertson. Beide wie in den 30er Jahren perfekt gekleidet, wenngleich mit einer ein wenig altmodischen Attitude. Für einen Moment meinte er, in einer anderen Ecke Benito Garrozzo erspäht zu haben, bevor er sich vergegenwärtigte, daß Garrozzo noch in einer unteren Liga spielte. Räumlich betrachtet.

Aber etwas schien anders als sonst. Richtig, das war es. Alle Bridgespieler trugen Flügel. Die einen größere, die anderen kleinere. Ob dies etwas mit dem Stand des Masterpunktkontos zu tun hatte? Dann würde Paul als doppelter Lifemaster riesige Flügel bekommen. Eine schaurig schöne Vorstellung.

Diesem Gedanken nachhängend, stellte der Torwächter Paul an Tisch 298 auf Nord-Süd seiner Partnerin für den heutigen Abend vor, die sich gerade abgewandt hatte, um eine heruntergefallene Bietbox wieder aufzunehmen. Als Kavalier der alten Schule ging Paul sofort auf die Knie, um zu helfen. In diesem Moment wandte sich seine Partnerin ihm zu – und er blickte in das Gesicht seiner vor acht Jahren verstorbenen Frau. Schöner denn je und so unglaublich vertraut. Paul stockte der Atem. Seine Frau überspielte mit weiblichem Geschick die Sprachlosigkeit der Situation, indem sie ihm zuflüsterte: „Hallo, der Herr, Sie kommen mir irgendwie bekannt vor. Haben wir vielleicht schon einmal zusammen am Bridgetisch gesessen?", bevor sie ihn an sich zog und so innig küßte, daß er wirklich glaubte, die Engel im Himmel singen zu hören. Was der Realität ja auch ziemlich nahe kam.

Es hätte bei diesem unverhofften Wiedersehen nach vielen Jahren so unglaublich viel zu erzählen gegeben. Aber der Turnierablauf war unerbittlich. Schon klingelte ein entzückender naturblonder Engel mit einem Glöckchen zur ersten Runde. Dies war gleich in doppelter Hinsicht eine Verbesserung. Im alten irdischen Club hatte immer eine schrille Zeituhr geschellt. Außerdem war die Turnierleiterin in einer anderen Gewichts- und Altersklasse angesiedelt gewesen als der zeitlos jugendliche, blonde Rauschgoldengel. Paul versuchte, sich kurz vorzustellen, was sich unter dem Seidengewand verbarg, verwarf diesen Gedanken aber schnell, da ihm in Erinnerung kam, daß seine Frau schon früher zur Eifersucht geneigt hatte. Also konzentrierte sich Paul auf die Karten. Die Frage nach dem System erübrigte sich. Er hatte mit seiner

Frau 48 Jahre lang Treff-Karo gespielt; es gab keinen Grund, dieses erfolgreiche System zu wechseln. Vorsorglich hatte seine Frau sogar eine gemeinsame Konventionskarte ausgefüllt. Offenbar war sie vor ihm über ihr gemeinsames Wiedersehen am Bridgetisch auf höherer Ebene unterrichtet gewesen. Man hatte ihn erwartet.

In der ersten Runde spielten die beiden gegen ein Herrenpaar, das offenbar schon seit geraumer Zeit die Himmelspforte durchschritten hatte, dennoch aber einen wenig eingespielten Eindruck machte. So paßte denn der eine Herr die As-Frage des anderen Herren ab, was Paul noch vor wenigen Tagen auf Erden zu einer ironischen Bemerkung verleitet hätte. Jetzt aber verkniff er sich jeden Kommentar und strich nur mit einem stillen Schmunzeln den ersten außerirdischen Top ein. Ihm folgten weitere, und das Turnier lief so wie Paul es sich in seinen kühnsten Träumen nicht vorgestellt hätte – himmlisch eben. Die Gegner machen falsch, was es nur falsch zu machen gab. Und seine Frau spielte ein so gutes Bridge wie zu ihren allerbesten Lebzeiten. Hinzu kam, daß sich bei beiden sofort das traute Gefühl eines völligen Eingespieltseins einstellte. Ein warmes Glücksgefühl durchflutete Pauls Herz, das noch vor nicht allzu geraumer Zeit stehengeblieben war. Was für ein wundervoller Abend. Da störte es nur am Rande, daß das gesamte Turnier über eine etwas monotone Harfenmusik erklangt. Daran konnte man sich gewöhnen. Und zweifellos positiv war, daß es neben jedem Tisch einen paradiesischen Obstkorb und ein undefinierbares, aber wohlschmeckendes Getränk gab, das aus einem perlmuttbesetzten Füllhorn kredenzt wurde.

Der Abend verflog. Kein Problem, nachdem geklärt war, daß ab sofort jeder Abend bis zum Ende der Ewigkeit so sein würde. Aber ob man auf ewig dieses herausragende Ergebnis des Auftaktturnieres würde halten können? Paul und seine Frau hatten es tatsächlich geschafft, unter über 2000 Paaren den dritten Platz zu erobern. Nun gut, Ely Culbertson und Charles Goren waren nicht zu schlagen gewesen, aber dieses Ergebnis war doch mehr als ein Anfang. Während Paul selbiges selbstzufrieden feststellte, fühlte er, daß er Flügel bekam. Richtig große Flügel. Eines doppelten Lifemasters würdig. Und er spürte die zärtliche Berührung seiner Frau, mit der er davonschwebte auf Wolke 7 bis zum nächsten Turnier. Gleich morgen abend. Doch bis dahin galt es einiges nachzuholen, wie ihm seine Frau mit einem zärtlichen Flügelschlag bedeutete.

Inhaltsverzeichnis

Ein ganz normales Bridgeturnier 7

Das junge Glück und der Gefühlsschlemm 15

Sizilianische Fehleinschätzungen 20

Mein Hund spielt Bridge 26

Ein verrücktes Paar 34

Rosenkrieg mit As und Driver 42

Vier Goldfische im Haifischbecken 52

Teddy 62

Bridgewahl? Bridgequal! 75

Doch wieder Bridge? 79

Himmlisches Finale 89